D1881476

अखिलेश

जन्म : 1960; सुल्तानपुर (उ.प्र.)।

शिक्षा : एम.ए. (हिन्दी साहित्य), इलाहाबाद विश्वविद्यालय।

प्रकाशित कृतियाँ : 'आदमी नहीं टूटता', 'मुक्ति', 'शापग्रस्त', 'अँधेरा', 'सम्पूर्ण कहानियाँ' (कहानी-संग्रह); 'अन्वेषण', 'निर्वासन' (उपन्यास); 'वह जो यथार्थ था' (सृजनात्मक गद्य); 'श्रीलाल शुक्ल की दुनिया' (सं.) (आलोचना)।

सम्पादन : 'वर्तमान साहित्य', 'अतएव' पत्रिकाओं में समय-समय पर सम्पादन। आजकल प्रतिष्ठित साहित्यिक पत्रिका 'तद्भव' के सम्पादक। 'एक कहानी एक किताब' शृंखला की दस पुस्तकों के शृंखला सम्पादक, 'दस बेमिसाल प्रेम कहानियाँ' का सम्पादन, 'कहानियाँ रिश्तों की' शृंखला की ग्यारह पुस्तकों के शृंखला सम्पादक।

अन्य : देश के महत्त्वपूर्ण निर्देशकों द्वारा कई कहानियों का मंचन एवं नाट्य-रूपान्तरण। कुछ कहानियों का दूरदर्शन हेतु फ़िल्मांकन। टेलीविज़न के लिए पटकथा एवं संवाद-लेखन। 'शापग्रस्त' कहानी पर फ़ीचर फ़िल्म। अनेक भारतीय एवं विदेशी भाषाओं में रचनाओं के अनुवाद प्रकाशित।

पुरस्कार/सम्मान : 'श्रीकान्त वर्मा सम्मान', 'इन्दु शर्मा कथा सम्मान', 'परिमल सम्मान', 'वनमाली सम्मान', 'अयोध्या प्रसाद खत्री सम्मान', 'स्पन्दन पुरस्कार', 'बालकृष्ण शर्मा नवीन पुरस्कार', 'कथा अवार्ड', 'कथाक्रम सम्मान', 'कसप' मनोहरश्याम जोशी राजकमल प्रकाशन 'कृति सम्मान' आदि।

ई-मेल : akhilesh_tadbhav@yahoo.com

अन्वेषण

अखिलेश

राधाकृष्ण पेपरबैक्स

पहला पुस्तकालय संस्करण
राधाकृष्ण प्रकाशन प्राइवेट लिमिटेड द्वारा
1992 में प्रकाशित

राधाकृष्ण पेपरबैक्स में
पहला संस्करण : 2009
पहली आवृत्ति : 2024

राधाकृष्ण पेपरबैक्स : उत्कृष्ट साहित्य के जनसुलभ संस्करण

राधाकृष्ण प्रकाशन प्राइवेट लिमिटेड
जी-17, जगतपुरी, दिल्ली-110 051
द्वारा प्रकाशित

शाखाएँ : अशोक राजपथ, साइंस कॉलेज के सामने, पटना-800 006
पहली मंजिल, दरबारी बिल्डिंग, महात्मा गांधी मार्ग, प्रयागराज-211 001
1, अनमोल सोराबजी संतुक लेन, धोबी तलाव, मरीन लाइंस, मुम्बई-400 002
वेबसाइट : www.radhakrishnaprakashan.com
ई-मेल : info@radhakrishnaprakashan.com

राजकमल प्रेस
नई दिल्ली-110 002
द्वारा मुद्रित

मूल्य : ₹199

ANVESHAN
Novel by Akhilesh

ISBN : 978-81-8361-351-4

अपनी पत्नी
अनीता
को कायदन पहली भेंट

इधर कई दिनों से मैं कमजोरी की गिरफ्त में था। सुबह आँख खुलने पर कायदन मुझे स्फूर्त और चैतन्य होना चाहिए था, लेकिन मैं पाता, पूरे बदन में सुस्ती हिल रही है। शरीर में रक्त-संचार बेहद मद्धिम हो गया है। मुझे महसूस होता, कमर जकड़ी है और मैं बेहद थका हूँ। मैं उठकर बैठता लेकिन खड़ा होने पर लगता, चक्कर खाकर गिर जाऊँगा, इसलिए फिर चारपाई पर बैठ जाता और फिर लेट जाता था।

शुरू-शुरू में सोचा, हो सकता है कि चारपाई धँसी है सो रात में शरीर सीधा न होने के कारण निचुड़ जाता हो। एक अनुमान यह भी था कि सवेरे देर तक सोने के कारण मेरी स्फूर्ति और चैतन्यता की फसल चर उठती हो और कमर में दर्द शुरू हो जाता हो। इसलिए मैंने पहले-पहले खुद का इलाज खुद करने की ठानी। चारपाई कसवाई और जल्दी जगने लगा। पर हालत जस की तस रही और एक दिन मुझे दिव्य ज्ञान हुआ, मेरी तकलीफ की असली वजह है कमजोरी।

दशा यह थी कि जब से मकान-मालिक की बीवी मुझको लेकर उदासीन हो गई, मेरी खाने-पीने की व्यवस्था लड़खड़ा उठी। पहले वह रोटियाँ सेंक देती थी। मैं सब्जी या अचार वगैरह से उन्हें खा लेता था। मगर अब वह तटस्थ या विमुख थी और मैं प्रायः फाके करता। कभी-कभी पूरा दिन चाय-समोसे पर गुजर जाता। इस बदइन्तजामी की वहज कुछ तो मेरी विपन्नता थी, कुछ आलस्य और कुछ बेरोजगारी ने कुटम्मस करके मेरे स्वाद-बोध को कुचल डाला था। मेरी रसना का नीर-क्षीर विवेक लुप्त हो गया था। हमारी जीभ के लिए सब धान बाइस पसेरी था। दूसरी बात यह कि जब दुनिया को लेकर मेरी दिलचस्पी

खत्म हो गई थी तो फिर स्वास्थ्य को लेकर कैसे सतर्क होता?

मैं रात को सो नहीं पाता था। सोता तो चौंककर जाग जाता। मुझमें असुरक्षा की बरसात में डर और निराशा के मेढ़क उछल-कूद करते। कभी-कभी रात-रात-भर जागता और पसीना-पसीना हो जाता।

एक दूसरी उलझन भी थी। रात में जगने के कारण या ज्यादा समय घर में घुसे रहने के कारण या जाने क्या रहस्य था कि मेरा शरीर थोड़ा-सा फूल गया था। भीतर से मैं कमजोर हो रहा था, किन्तु ऊपर से फूल रहा था। यों तो मैं कभी किसी से मिलता-जुलता नहीं था, लेकिन अगर अचानक कहीं किसी से टकरा गया तो वह यह कहने से बाज नहीं आता, 'आजकल तन्दुरुस्ती ठीक है।'

मैं बेरोजगार था और स्वास्थ्य सुधार की टिप्पणी मुझे शर्मिन्दगी में डुबो देती। मैं आत्मग्लानि और आत्मभर्त्सना से भर उठता।

आखिर मैंने फैसला किया, रोज भोर में दौड़ लगाऊँगा। ताजी हवा कमजोरी को कम करेगी और फूलना भी घटेगा। रात को निर्णय दुहराया और सो गया। सुबह सचमुच मैं जाग गया। बहुत दिनों बाद मैंने सुबह का धुँधलका देखा था। मुझे खुशी हो रही थी, बहुत दिनों बाद मैं उगता हुआ सूर्य देखूँगा। मैं सूर्य को लाल से चमकदार होते हुए देखूँगा। मैं ओस देखूँगा और ओस का सूखना देखूँगा।

बाहर निकला तो देखा कि थोड़ी दूर पर एक बच्चा खड़ा, शायद अपने स्कूल रिक्शा का इन्तजार कर रहा था। मैं आगे बढ़ा और पाया कि लाल-लाल कपड़े पहने वह भूरी आँखोंवाला लड़का मेरे सामने है। जबरदस्त इच्छा हुई कि इस बच्चे को प्यार कर लूँ। मैं उसे देखकर मुस्कराने लगा। वह भी मुस्कराया। मैं उसे गोद में लेने के लिए बढ़ा। तभी मुझमें कौंधा कि मैं उनतीस साल का हो चुका हूँ। तीसवाँ शुरू है और अभी तक नौकरी नहीं पा सका हूँ।

बच्चा हतप्रभ हुआ, इस आदमी को क्या हो गया अचानक! वह परेशान होकर आगे बढ़ गया या मैं परेशान होकर पीछे हट गया, कह नहीं सकता। भयानक सम्मोहन था। वह धीरे-धीरे बढ़ रहा था या मैं धीरे-धीरे हट रहा था, याद नहीं। अचानक मैं जहाँ था वहीं जड़ हो

गया। जैसे मैं धँस गया था कुछ इंच। मुझे ऐसा एहसास हुआ कि मेरा शरीर सूज गया है। भीतर कुछ भी नहीं रह गया है—अंतड़ियाँ, फेफड़े—सारे अंग खो गए हैं। रक्त भी नहीं है। सिर्फ नसें-ही-नसें बिछी हैं। हर जगह खंखाड़ है। बस सीने में हवा भरी है। वह तेज-तेज धड़क रहा है। धड़क रहा है! जब भी मुझमें बेरोजगारी और उम्र के इस पड़ाव का विचार घूँसा मारता है, मैं इसी तरह जड़ एवं हतबुद्धि हो जाता हूँ।

बच्चा ओझल हो गया था। मैंने पाया, पीछे की तरफ से घुटनों से एड़ी तक कोई लकीर रेंग रही है। लगा, अधिक खड़ा रहूँगा, तो खड़े-खड़े, ऐसे ही मर जाऊँगा। जीवन की तीव्र लालसा जगी और मेरी सुबह की ताजा हवा हासिल करने की इच्छा किसी झाड़ी में छिप गई। मैं कमरे पर वापस आने के लिए मुड़ पड़ा लेकिन मैं चल नहीं रहा था। जड़ और हतबुद्धि खड़ा था।

तभी, मैंने देखा, नहीं अनुभव किया कि घना अँधेरा छा गया। एकाएक क्षण-भर को—एकदम क्षण-भर को विराट् उजाला चमका और तुरन्त अहिस्ता-अहिस्ता अँधेरा छाने लगा और मैं तेज-तेज कदमों से कमरे की तरफ भागने लगा। लगभग मैं दौड़ रहा था। वैसे मैं चल रहा था लेकिन मैं दौड़ रहा था। नहीं, मैं भाग रहा था। मैं भाग नहीं रहा था। सचमुच मैं भाग रहा था...

मेरी नौकरी पाने की उम्र बीत गई। मेरी नौकरी पाने की उम्र का यह आखिरी साल था। लेकिन नहीं, मेरी नौकरी पाने की उम्र का आखिरी साल वह था जब मेरी नौकरी पाने की उम्र का पहला साल था। मेरी शुरूआत का पहला दिन मेरे अन्त का अन्तिम दिन था। हालाँकि नौकरी कभी भी पाई जा सकती है और कभी नहीं पाई जा सकती है। फिलहाल, कानूनन यह मेरी नौकरी पाने की उम्र का आखिरी साल था। अब मेरी नौकरी न पाने की उम्र का पहला साल था।

वजह पूछी जा सकती है कि लाल-लाल कपड़े पहने उस भूरी-भूरी आँखोंवाले लड़के को प्यार करते समय मुझे अपनी जिन्दगी के उनतीस बरस का खयाल क्यों आया? मुझे लगता है कि बच्चे को प्यार करते समय मुझे अपनी जिन्दगी के उनतीस बरसों का खयाल नहीं आया।

मुझे अपनी मृत्यु के उनतीस बरसों का खयाल आया। यकीनन मैं उनतीस बरसों से मर रहा हूँ।

ऐसा बार-बार होता है कि मैं उल्लास और प्यार से लबालब होकर जीवन्त होना चाहता हूँ तभी मुझमें साँप की चमड़ी की तरह चमक जाता है कि मैं जिन्दगी के उनतीसवें साल में हूँ या मैं मृत्यु के उनतीसवें साल में हूँ।

जब मुझे समय का यह एहसास होता है तो मैं भय से भर उठता हूँ और सिहर जाता हूँ। मेरे दिमाग में शोर होने लगता है कि अब क्या होगा? क्या होगा अब? यूँ तो सरकारी संस्थाओं के अलावा भी रोजगार के घर होते हैं जहाँ रिटायर्ड लोगों को भी काम मिलता है, लेकिन हालात को मद्‌देनजर रखते हुए बोल सकता हूँ कि मैं रिटायर्ड महानुभावों की कतार में खड़ा हो गया हूँ। युवक की अवकाश-प्राप्ति। हाँ, मैं समाज की एक बेहद बुरी रचना का बेहद अच्छा शीर्षक हो गया हूँ।

लाल-लाल कपड़े पहने उस भूरी-भूरी आँखों वाले बच्चे को गोद में लेने के पहले ही बिजली की कौंध की तरह मुझमें–मेरे पूरे में–अपनी उम्र का खयाल चमका और मुझे अपमानित करके मेरे आत्मविश्वास का संहार कर गया। मैं ऐसी दशहत से भर गया, जिसे ठीक-ठीक दहशत नहीं कहा जा सकता। मुझे लगा, मेरे भीतर बहुत कुछ खाली हो गया है या मेरे भीतर बहुत कुछ भर उठा है। बस एक ही इच्छा की हलचल थी और वह इच्छा क्या थी, यह पता न पा रहा था। मेरी समझ में नहीं आ रहा था कि मैं क्या करूँ और क्या न करूँ। तबीयत हुई कि घर पहुँच जाऊँ। फिर तबीयत हुई कि घर कभी न पहुँचूँ । कभी पूरब दिशा में भाग जाने का मन होता, तो कभी पश्चिम दिशा में। कभी उत्तर में, तो कभी दक्षिण में। शायद मैं इनमें से कहीं नहीं जाना चाहता था। जो बात आतंकित करती है कि यह रक्तरंजित चक्रवात पल-भर में हुआ। इतना भयावह युद्ध कितने कम समय में हो गया?

मैं यह भी नही बता सकता कि उस जगह से पहले मैं हटा था या बच्चा हटा। मुझे बिलकुल याद नहीं। मुझे यह भी याद नहीं कि उस

समय धूप थी या बादल छाए थे, वहाँ पेड़ थे या आदमी–दोनों या कोई नहीं–मैं कुछ नहीं बता सकता, यहाँ तक कि मोटे तौर पर भी नहीं बता सकता कि उस समय, समय क्या रहा होगा...

बस इतना याद है कि मेरे भीतर बहुत कुछ भरने लगा था या मेरे भीतर बहुत कुछ खाली होने लगा था और मैं स्थिर होते हुए भी एक तरह से भागने लगा था। कुछ उस तरह की भाग, जैसे दुश्मन का निशाना देख हम भागते हैं। थोड़ी देर बाद हम दुश्मन के शस्त्र को भूल जाते हैं और केवल भाग रहे होते हैं। फर्क इतना था, मैं स्थिर होते हुए भाग रहा था।

आखिरकार जहाँ से मैं हमेशा बाहर निकलना चाहता हूँ लेकिन जहाँ मैं हमेशा खुद को लाकर पटक देता हूँ, अपने कमरे पर आ गया। यह कमरा तब से मेरा डेरा है, जब मैं लोगों पर विश्वास करता था और लोग मुझ पर विश्वास करते थे।

मेरा मकान-मालिक खिचड़ी बालों वाला नाटे कद का एक मोटा इनसान है जिसकी एक आँख टेढ़ी है। मैं प्रायः जैसे भी हो उसका किराया समय पर चुकाने में सफल होने की कोशिश करता हूँ। उससे खाने-पीने की कोई चीज कभी उधार नहीं लेता, फिर भी वह मुझसे इस तरह पेश आता है कि मुझ पर दया कर रहा है। मैं उसकी दया को नापसन्द करता हूँ लेकिन वह जबरदस्ती मुझ पर दया करता है, हालाँकि मैं किसी की भी दया को नापसन्द करता हूँ।

मैं चारपाई पर बैठकर अपने मोजे उतारने लगा। नथुनों में एक पकी हुई बदबू घुसी। और तभी मकान-मालिक की पत्नी कमरे में झाँक गई। उसे अनदेखा कर मैं लेट गया। कुछ पल ही बीते होंगे की मकान-मालिक झाँकने लगा। मैंने उसे देख लिया तो शरमा कर वह आकर हाल-चाल पूछने लगा। दरअसल वह यह पता करने के लिए झाँक रहा था कि मैं शराब तो नहीं पिए हूँ। निश्चय ही मेरा मकान-मालिक मुझे पक्का शराबी समझता है जबकि मेरे पास शराब के लिए पैसे ही नहीं होते हैं।

मैंने मकान-मालिक से कहा, ‘‘बैठिए।’’

जैसे उसकी मुराद पूरी हो गई हो वह सामने रखी कुर्सी पर न बैठकर मेरे पास बैठ गया। लगभग सट कर।

मैंने कहा, "आराम से बैठिए।"

वह उठ गया। कहा, "अब मैं चलता हूँ।" उसने मेरा मुँह सूँघ लिया था। शराब की गंध न पाकर निराश हुआ और चला गया।

मकान-मालिक चला गया और कमरे में मैं अकेला रह गया। मैं विचित्र हो गया हूँ। कभी एकदम भीड़-भाड़ और शोरगुल के बीच निपट अकेला हो जाता हूँ और कभी भरपूर सूनेपन में भी कोलाहलग्रस्त। इस समय मैं अकेला था न कोलाहलग्रस्त। इस समय मुझमें थोड़ा-सा अकेलापन था और थोड़ा-सा कोलाहल।

लाल-लाल भूरी-भूरी आँखोंवाले बच्चे को प्यार करते समय हठात् उपजा चक्रवात अभी थोड़ी देर पहले तक द्रुत रफ्तार से मेरा चैन छीन रहा था। अब जाकर वह थोड़ा थका था और हाँफ रहा था।

और मैं बुझ गया। मुझे लगा, मेरा चेहरा काला पड़ता जा रहा है। माँसपेशियों का कसाव ढीला हो गया है। मैं बूढ़ा-सा हो गया हूँ। पहले जब ऐसा होता था तो मैं सिहर कर भयानक रूप से उद्विग्न हो उठता था मगर बार-बार घटित होना मेरी उद्विग्नता का हत्यारा सिद्ध हुआ और अब मैं अवसाद से भर उठा हूँ केवल। मेरा चेहरा काला पड़ता जा रहा था। आँखें कुछ धँस-सी गई थीं और फिर चेहरा लाल-सा होने लगा जैसे आग पर गर्म होता तवा लाल होने लगता है। जैसे अपमान और पराजय पर किसी का भी चेहरा लाल होता है। शायद मुझमें अपमान और पराजय का कोई अक्षय वृक्ष उग आया था। हालाँकि इस क्षण मैं अपमानित हुआ था न पराजित, लेकिन मेरा चेहरा लाल हो रहा था धीरे-धीरे वह बुझने लगा और मैं राख हो गया।

मैंने अपना सिर दीवार पर टिका दिया। दीवार पर जगह-जगह मेरे सिर के धब्बे थे, जहाँ ये धब्बे नहीं वहाँ सीलन के चिह्न। जहाँ ये धब्बे वहाँ भी सीलन के चिह्न। कहीं-कहीं दीवारें भुरभुरी हो गई थीं। उनसे पलस्तर उखड़ता और फर्श को गन्दा करता। फर्श पर सिगरेटों-बीड़ियों के टुकड़े, कागज और धूल बिछे थे। धूल सनी आलमारियों में किताबें

थीं। एक कोने में स्टोव, बर्तन व चन्द डिब्बे।

दीमकों का एक लम्बा केचुल मेरी किताबों की ओर बढ़ रहा था। मैं उसी पर निगाह गड़ाकर देखने लगा। एक अवधि थी जब ऐसे केचुल को देखते ही मुझे जुगुप्सा होने लगती थी, मुँह फेर लेता था। पर अब मैं दीमकों के केचुल को जड़ होकर देख रहा था।

एक वक्त था कि मेरे दोस्तों ने मेरे बारे में मशहूर किया था कि मैं जीवन के किसी भी इलाके में प्रवेश करूँ, सफलता कदम चूमेगी। सचमुच, मेरे मित्रों का दावा था कि मैं चाहूँ तो बहुत बड़ा लेखक बन सकता हूँ? मैं चाहूँ तो बहुत बड़ा अफसर बन सकता हूँ, मैं चाहूँ तो बड़ा स्मगलर बन सकता हूँ, मैं चाहूँ तो बहुत बड़ा अभिनेता बन सकता हूँ, मैं जो भी चाहूँ, बन सकता हूँ।

लेकिन मैं अपने किराए के कमरे की चारपाई पर एक निरर्थक मनुष्य की तरह लेटा हुआ था।

अब कोई भी काम करने में मन नहीं लगता। कुछ भी करने के लिए सोचता, तो अपनी तीस की उम्र का खयाल घेर लेता। सब कुछ–संसार का हर कार्य और कारण–निरर्थक और निष्प्रयोजन लगने लगता।

मैं समाज और दुनिया को बदला हुआ देखना चाहता था। लेकिन मैं दुखी था क्योंकि किसी काम में मेरा मन नहीं लगता था।

यहाँ तक कि कभी तड़के भोर में जगकर राजनीति, साहित्य, कला, दर्शन आदि की किताबों में डूब जाने वाला मैं अब दस-ग्यारह बजे तक लेटा हुआ पैर हिलाता रहता। देखने वाले मुझे घबराहट और दुखमय संवेदना से देखते और मैं इससे घबराकर मुँह छुपा लेता था या आँखें बन्द कर लेता। यह मेरा डर नहीं, मेरी शर्म की अभिव्यक्ति थी। मैं अकेला होना चाहता था मगर मेरे पास अकेला होने की परिस्थिति नहीं होती थी। अगर अकेला होने की परिस्थिति होती तो मैं अकेला नहीं होना चाहता, यह मैं जानता हूँ।

किराए के कमरे में अकेला हूँ लेकिन मैं अकेला नहीं हूँ। मेरी चद्दर से बास आ रही थी, तकिये से बदबू। नामालूम मेरा चेहरा कैसा होगा?

अन्वेषण

एक दिन देखा, कभी का मेरा मुलायम नर्म चेहरा एकदम रूखा और कठोर हो चला है। मेरी दाढ़ी गालों पर जहाँ खत्म होती है, वह जगह अजीब-सी वितृष्णाजनक लग रही है। मेरी मूँछें आगे की ओर झुक आई हैं। देखा कि कुछ बाल सफेद हो गए हैं और कानों में छोटे-छोटे बाल उग आए हैं। घबराहट से भर उठा। लाचारगी की एक लहर मेरे भीतर तेजी से गुजरी और मैं बदहवास हो गया।

तब से आइने में शक्ल देखने से बचता हूँ। हो सकता है, जब मैं चारपाई पर लेटा हुआ दीमकों के केचुल की लम्बी पंक्ति को देख रहा था, मेरे शरीर से दुर्गन्ध निकल रही हो। मेरे बाल गन्दगी से लसलसा रहे हों या उलझे हों या कौन जाने, एकदम सधे हुए हों। कभी-कभी चीजें अपने-आप भी तो सँवर जाती हैं। लेकिन नहीं, वे आप कहाँ सँवरती हैं। जैसे बालों को ही लिया जाए—हो सकता है हवा ने उन्हें उड़ाकर ठीक कर दिया हो या हो सकता है, मेरे हाथ उन पर इस तरह फिरे हों कि वे दुरुस्त हो गए हों। यानी कि चीजें खुद-ब-खुद नहीं सँवरती, उन्हें कोई ठीक करता है, भले ही उसे देखा न जा सके। सुना न जा सके। यहाँ मेरा इरादा किसी रहस्य की ओर संकेत करना कतई नहीं है, बल्कि मैं तो रहस्य पर से रहस्य का परदा उठा रहा हूँ।

कमरे में दीमक के लम्बे केचुल को देखते हुए मुझे महसूस हुआ, मुझे गरमी सता रही है। मुझे गरमी लगी तो मुझे मालूम हुआ कि मैं बड़ी देर से दीमकों की लम्बी केचुल को निर्विकार देख रहा था। आखिर मुझे गरमी क्यों लग रही है, मैंने पाया कि पंखा उलटा चल रहा है। अगर यह इस समय उलटा घूम रहा था, तो बहुत दिनों से उलटा घूम रहा था। बहुत दिनों से उलटा घूम रहा था और गरमी मुझे आज महसूस हुई—मैं थर्राया और हीनता के उथले पानी में डूब गया।

मैं डूबा ही रहता, यदि चीख नहीं सुनता। मकान-मालिक की औरत चीखी थी। खिचड़ी बालों, मोटे कद और टेढ़ी आँख वाला मेरा मकान-मालिक आए दिन अपनी पत्नी को पीटता। इसलिए पीटता कि पत्नी बहुत सुन्दर थी। वह शक करता था, पत्नी चरित्रहीन है। पत्नी पर यह अविश्वास दरअसल अपने पर अविश्वास था। उसे अडिग यकीन

था, उस जैसे बेढ़ब आदमी की यह सुन्दर पत्नी जरूर कहीं फँसी होगी। वह शक करता था और पीटता था। वह बीवी को पशु की तरह पीटता था और खुद पशु हो जाता था।

यहाँ आने पर मैंने शुरूआत में यह देखा तो मकान-मालिक को समझाने लगा। वह बड़ी श्रद्धा से मुझे सुनता लेकिन पिटाई वह उसी प्राचीन आस्था से करता। कुछ दिनों बाद मैं उसकी हिंसा में सकर्मक दखल देने लगा। वह मेरी पहुँच पर खामोश हो जाता और वापसी पर अधिक उग्र।

पत्नी मेरी दखलंदाजी पर अधिक पिटती थी मगर मेरी दखलंदाजी पर मुग्ध थी। मुझे देखकर निहाल हो जाती। मेरी रोटियाँ सेंक देती। कभी कोई विशेष खाद्य सामग्री बनाती, तो मुझे देती। मेरे प्रति उसकी भावनाओं में माँ, पत्नी और बहन का अद्भुत सामंजस्य था।

एक दिन सेकने के बाद रोटियों का बर्तन पकड़ाते समय उसने मुझसे पूछा, "तुम भगवान को क्यों नहीं मानते?"

"मानने लगूँ तो क्या फर्क पड़ेगा?"

"तुम्हें नौकरी मिल जाएगी।"

"तुम तो ईश्वर की पूजा करती हो?"

"हाँ करती हूँ।"

"फिर तुम्हें इतनी मार क्यों खानी पड़ती है? ईश्वर तुम्हें पिटने से नहीं बचा पाता तो मुझे नौकरी कैसे देगा?"

"देगा! तुम भगवान की पूजा किया करो। हफ़्ते में एक व्रत भी रखा करो।" उस शाम भी वह पीटी गई थी। उसकी त्रासदी मुझमें आग पैदा करती। यह आग मुझमें करुणा पैदा करती। यह करूणा मुझमें और ज्यादा आग पैदा करती। यह एक गतिमान और बुद्धिमान तारतम्य था। लेकिन एक अन्तराल बाद अटूट लगने वाला यह तारतम्य मन्द होने लगा।

जैसे-जैसे मेरी बेरोजगारी के प्रेत शिशु की उम्र बढ़ने लगी, मेरी आग की आँच क्रमशः ठंडी होने लगी। होना तो यह वाजिब था कि मेरा दुख मेरी आग को अधिक जाज्वल्य बनाता किन्तु हुआ यह कि मैं पथ

से विमुख होने लगा। मैं पति की हिंसा और पत्नी के आत्मदमन से उदासीन होता गया।

पत्नी अब मुझे घृणा से देखती थी। वह पिट रही थी और मैं अपने कमरे में बैठा हुआ था। हो सकता है, पिटती हुई वह सुन्दर औरत पति की बाबत कुछ भी न सोच रही हो। वह सोच रही हो, बगल के कमरे में मौजूद नवजवान कितना घृणित, कायर और नामर्द है। लेकिन मैं अपने को ऐसा कुछ नहीं मानता। लेकिन मैं यह भी नहीं मानता, घृणित, कायर और नामर्द नहीं हूँ। क्या मैं यह सब हूँ? क्या मैं यह सब नहीं हूँ?

मैंने सोचा कुछ पढ़ूँ। मैंने पढ़ना चाहा मगर पढ़ा नहीं। किताब उठाने में आलस्य का अहसास करने लगा। मैं अहसास करने लगा, मुझमें थकान और चुस्ती के बीच की कोई चीज भर गई है जो मुझे निश्चेष्ट पड़े रहने के लिए बाध्य कर रही है। मैं अब दीमकों के लम्बे केचुल को नहीं देख रहा था। मैं अब उलटे चलते पंखे को नहीं देख रहा था। मैं अब एक पीटी जा रही पत्नी की चीख नहीं सुन रहा था...

2

आगे भी यही हुआ। उस दिन विनीता मेरे सामने आ खड़ी हुई। उसका पर्स हिल रहा था और मेरा आत्मविश्वास कपूर की तरह काफूर हो रहा था। उसे देखकर मैं इस तरह चमक उठा, जैसे अग्नि देने पर कपूर की लौ गुनगुना उठती है, लेकिन उसका पर्स धीरे-धीरे हिल रहा था और मैं कपूर की तरह काफूर हो रहा था।

वह कीमती साड़ी पहने थी। ब्लाउज स्लीवलेस था। माँग में सिंदूर हलका था। पाँवों में नई काट की चप्पल, पट्टियों वाली। गोया वे टहनियाँ हों, जिसके बीच उसके पैरों की उँगलियों के फूल खिले हों। उसके पैर अब साफ और उजले थे। शादी के पहले ये ऐसे नहीं थे और मैंने इन्हें चूमा था।

मैंने कहा, ''कैसी हो विनीता?'' मेरी आवाज ऐसी थी जैसे मैं हाँफ रहा था हालाँकि मैं न दौड़कर आया था और न श्रम के कारण मेरी साँस फूल रही थी मगर मैंने हाँफते हुए कहा था, ''कैसी हो विनीता?''

उसने मेरी बात का जवाब नहीं दिया और बोली, ''तुम कैसे हो?'' यह कहकर उसने मुझे दया से देखा और मेरे आत्मविश्वास का मद्धिम होता कपूर बुझ गया। मुझे कोई उत्तर नहीं सूझा। कुंठा के जंगल में मेरा उत्तर खो गया था। नहीं, शायद उत्तरों की विरासत ही नहीं थी

मेरे पास। नहीं...नहीं...उत्तर था। मुझे कहना चाहिए था, 'मैं अच्छी तरह नहीं हूँ। मैं मुसीबत में हूँ।'

लेकिन मैंने कहा, "मैं जैसा हूँ, तुम्हारे सामने हूँ।" निश्चय ही यह जवाब नहीं था बल्कि जवाब न होने का बहाना था। उसने फिर सवाल किंया, "कहाँ हो आजकल?"

मुझे कहना चाहिए था, 'मैं कहीं नहीं हूँ। मेरा कोई ठिकाना नहीं।' लेकिन मैंने कहा, "यहीं इसी शहर में।"

वह बोली, "क्या कर रहे हो आजकल?"

मुझे कहना चाहिए था, 'मैं कुछ नहीं कर रहा हूँ। मैं बेरोजगार हूँ।'

लेकिन मैंने कहा, "कुछ खास नहीं बस ऐसे ही।"

उसने कहा, "शादी की या नहीं?"

मुझे कहना चाहिए था, 'नौकरी न होने के कारण हुई ही नहीं।' लेकिन कहा, "अभी नहीं।"

उसने मुझे दया से देखा, मैं रोगी की तरह कमजोर हो गया था।

जब हमारे एकता के दिन थे, तो वह मुझे चिड़िया की तरह अपना वृक्ष मानती थी। एक बार शाम को ही कोहरा पड़ने लगा था और हम दोनों मिले तो मैंने हँसकर पूछा, "बोलो मैं तुम्हारे लिए क्या हूँ?"

वह आँखें सिकोड़कर सामने की दीवार को देखती रही फिर बोली—

"तुम मेरे लिए आकाश हो।
तुम मेरे लिए पृथ्वी हो।
तुम मेरे लिए नदी हो।
तुम मेरे लिए पहाड़ हो।

और मैं तुम्हारे लिए क्या हूँ?"

"तुम मेरे लिए आकाश की आजादी हो।
तुम मेरे लिए पृथ्वी की संपदा हो।
तुम मेरे लिए नदी का पानी हो।

तुम मेरे लिए पहाड़ के पत्थर हो।
जिनसे मैं दुश्मनों को परास्त करूँगा।
तुम मेरी शस्त्र और सेना हो।"

मैं चुप हो गया। चुप होकर उसे देखने लगा। वह भी मुझे देखने लगी। हम दोनों एक-दूसरे की आँखों को देख रहे थे। देख रहे थे...देख रहे थे...और अचानक हमारी आँखें डबडबा आईं।

उसने कहा, "कोहरे के कारण तुम्हें मेरा चेहरा हिलता हुआ लगता होगा?"

"हाँ मुझे सब कुछ हिलता हुआ लग रहा है और तुम्हें?"

"मुझे भी तुम्हारा चेहरा हिलता हुआ लग रहा है। मुझे भी सब कुछ हिलता हुआ लगेगा, लेकिन मुझे नहीं लग रहा है, क्योंकि मैं सिर्फ तुम्हें देख रही हूँ।"

हम जरा-सा हँसे थे और हमारे आँसू ढलक आए थे जैसे वात्सल्य उमड़ने पर गाय के थन से दूध उमड़ आता है।

और आज मुझे वह दया से देख रही थी और मैं रोगी की तरह कमजोर हो रहा था।

जब मैंने शादी की बाबत कहा, "अभी नहीं।" तो उसने कहा, "क्यों?"

मैंने कहा, "बस ऐसे ही।"

उसने सोचा शायद मैं उसके प्रेम में कुँवारा हूँ। वह आँखें झुकाकर उदासी प्रदर्शित करने लगी कि उसी के कारण मैं शादी नहीं कर रहा हूँ, इस बात का उसे अफसोस है। अफसोस के साथ उसमें अपने को लेकर एक जोश भी उभरा था कि उसमें कितनी कशिश है कि उससे बिंधा मैं कुँवारा बैठा हूँ। फिलहाल वह अफसोस की मुद्रा में थी। चुप थी और आँखें झुकाए थी।

मैंने पूछा, "तुम्हारे पापा का तो ट्रांसफर हो गया था। यहाँ कैसे?"

"मेरे हसबैंड यहाँ ट्रांसफर होकर आ गए हैं।"

"अच्छा-अच्छा-अच्छा...।" मैं हड़बड़ाया, "कहाँ हैं वे?"

उसकी आँखें और झुक गईं, ''मीटिंग में गए हैं।''

''तो एस.डी.एम. साहब काफी बिजी रहते होंगे। वह जीप उन्हीं की है क्या?'' कुछ दूर पर एक सरकारी जीप खड़ी थी।

वह जवाब में चुप रही और हमारी वार्ता का सिलसिला ठहर गया। मुझे ध्यान आया, हम देर से यहीं खड़े हैं। कुछ लोग हमें देख रहे थे। मैंने सोचा, कुछ ठंडा पीने का निमन्त्रण दूँ। काम भर के पैसे इस वक्त थे जब में।

''आओ कहीं बैठते हैं। तुम्हें मैंगो शेक पसन्द है।''

उसने मुझे कौतुक से देखा कि मैं क्या मैंगो शेक पिला सकता हूँ? थोड़ी देर बाद बोली, ''चलती हूँ लेकिन एक शर्त पर, पेमेन्ट मैं करूँगी।'' उसने मुझे दया से देखा।

जाने क्यों मैं कमजोर नहीं हुआ। मुझे गुस्सा आ गया। मैंने एक बेतुकी और असमय बात कही, ''मैं तुम्हें तुम्हारी चिट्ठियाँ वापस कर दूँगा।''

''क्यों?''

''तुमने शादी तय होने पर और होने के बाद माँगा था।''

''पर तुमने तो कहा था कि नहीं दोगे। तुम्हारे नाम लिखी थीं तो वे तुम्हारी हुई।''

''हाँ, लेकिन मैं अब दे दूँगा।''

''रहने दो। मुझे तुम पर विश्वास है। तुम इतने विद्वान, बुद्धिजीवी और अच्छे हृदयवाले हो कि कभी बुरा नहीं चाहोगे।''

''जब माँगा था उन्हें तब मुझ पर विश्वास नहीं था?'' मैंने जोर से कहा।

वह घबड़ा गई। घबड़ाकर ही बोली, ''तुम इतने जोर से क्यों बोल रहे हो। पहले तो तुम ऐसे नहीं थे। अब या तो तुम बोलते ही नहीं हो और अगर बोलते हो, तो बहुत जोर से बोलते हो।''

''तुम सुख-सुविधाओं में हो, इसलिए तुम्हें बोलने का तरीका आ गया है। मैं सुख से वंचित हूँ इसलिए मेरे सलीके खत्म हो गए हैं।''

अन्वेषण

एम.ए. में मेरा एक दोस्त हुआ करता था—राघव। अच्छा दोस्त था। एक बार मैंने राघव से पूछा था कि हम सुख से वंचित क्यों हैं? आखिर हमारा गुनाह क्या है?

राघव बोला, "होता यह है कि हिन्दुस्तान में अधिसंख्य लोग जब सुख की शक्ल पहचानने की आँखें पाने की उम्र में पहुँचते हैं, तो पाते हैं कि उनके चारों तरफ दुखों की सुरंगें बिछी होती हैं। वे तकलीफों की उस अँधेरी जेल में होते हैं जिसकी नंगी और सुन्न कर देने वाली दीवारों और फर्श पर सिर्फ सर पटका जा सकता है। नतीजा यह होता है, सुखद क्षण महज दुख को तीखा और चमकदार बनाने के काम में इस्तेमाल हो जाते हैं, बस।"

राघव यह भी कहता था, "तुम या मैं या तुम्हारे और मेरे जैसे बहुत से नवयुवकों के बीते हुए कल में कोई तैयारशुदा फसल नहीं होती और जब जवान होकर हम फसल उगाने लायक होते हैं। हाथ-पाँव-दिमाग के रूप में हमारे पास हल-फावड़े-बीज होते हैं तो धूप-जल-खुराक नहीं मिलती। हालाँकि ये बिकाऊ हैं और कोई भी इनको खरीद सकता है पर हममें खरीद सकने की सामर्थ्य नहीं। क्योंकि हमारे बीते हुए कल में सुखों की कोई तैयारशुदा फसल नहीं होती। हमारे पास धन नहीं होता। हमारे पास शक्ति नहीं होती। हमारे पास कुछ भी नहीं होता।"

राघव कहाँ होगा आजकल? एक दिन मैंने पाया था, वह उखड़ा-उखड़ा रहने लगा है। मैंने उसे बतलाया, "तुम इन दिनों उस पौधे की तरह हो गए हो, जो पूरी ताकत से उग रहा हो और तभी उसे कोई रोग लग जाए।"

वह डरकर मुझे देखने लगा। थोड़ा ठहरकर सहमते हुए बोला, "सच कहता हूँ। ठीक यही मैं तुम्हारे बारे में सोच रहा था।"

मैं जोर से हँसा था और तुरन्त डर गया था। मुझमें भयानक किस्म की थर्राहट साँप की तरह रेंग गई।

और अचानक एक दिन राघव गायब हो गया।

राघव की तरह बहुतेरे लड़के थे। मदन, सोमेश, विजेन्द्र, प्रकाश, आदि-आदि। सब न जाने कहाँ गायब हो गए। सब कितने मेधावी और

उच्च आत्मा वाले थे मगर सब एकाएक परिदृश्य से लुप्त हो गए। जैसे कोई हिंसक पशु उन्हें लील गया हो।

पशु के स्मरण ने मुझे झिंझोड़ डाला। देखा, विनीता सामने गुमसुम खड़ी है। उसके पर्स ने अब हिलना बन्द कर दिया है।

मुझे अपनी ओर मुखातिब पाकर वह कुछ बोली किन्तु आवाज फँसने के कारण उसका बोलना बुदबुदाहट में बदल गया। उसने गला साफ किया और कहा, ''तुम कुछ सोचने लगे थे?''

''हाँ।''

''क्या?''

''मैं तब के बारे में सोच रहा था, जब तुम रोचक झूठ का पुलिंदा थीं जबकि अब तुम अपने सच्चे चेहरे में हो।''

''क्या मतलब?''

''मतलब यह कि आरामतलबी और निठल्ला जीवन जीने की ख्वाहिश तुम्हारी असली शक्ल है। और तुम पढ़ाई के दिनों में हमारे संघर्ष और बौद्धिकता की प्रशंसक थीं। मैं पढ़ाई के दिनों के बारे में सोचने लगा था।''

''मैं तुम्हारी इज्जत करती हूँ, जितनी गालियाँ देना चाहो, मैं चूँ नहीं करूँगी।'' बात को बदलने की गरज से वह हँसकर बोली, ''लेकिन चलो मैंगो जूस तो पी लिया जाए।''

''मुझे नहीं पीना है मैंगो-जूस-वूस।''

''पर मुझे तो पीना है, मेरे लिए ही सही, चले चलो।''

''क्यों चला चलूँ तुम्हारे लिए?''

वह डर-सी गई। कहने लगी, ''अच्छा, तो फिर मैं चलती हूँ।''

उसकी आवाज भारी हो गई थी और चेहरा गर्म होने लगा था। निश्चय ही अपमान से—या तकलीफ से उसकी धड़कन की गति भी बढ़ गई होगी।

वह जाने लगी। थोड़ी ही दूर गई होगी कि पलट कर बोली, ''किसी दिन घर आना थर्टी फोर चैबेम लाइंस।''

वह चली गई तो मुझे लगा, जैसे किसी ने मुझे अभी-अभी जगाया

है। मेरा मत्था भारी लग रहा था। सिर चकरा रहा था।

लेकिन मैं खुश था। आज बहुत दिनों के बाद मुझे गुस्सा आया था। वाकई आज विनीता से मुलाकात के आखिरी समय में मुझमें पहले वाला 'मैं' अवतरित होने लगा था...

3

विनीता से दोस्ती युनिवर्सिटी में हुई थी। वैसे उसे मैं पहचानने अपने शहर में ही लगा था। छोटे शहर में सुन्दर लड़की बहुचर्चित हो जाती है। विनीता भी हमारी पहिचान के घेरे में थी वहाँ। वह मेरी शक्ल इसलिए जानती थी कि उसके कालेज का रास्ता मेरे घर के सामने से जाता था। अक्सर मैं जाड़े की धूप में बाहर कुर्सी निकाल कर कोई किताब पढ़ता था।

एक भाई और एक बहन की बहन विनीता बड़े वकील की बेटी थी। उसके पिता इलाहाबाद में हाईकोर्ट की प्रेक्टिस करते थे, इसलिए एम.ए. की पढ़ाई करने वह इलाहाबाद आ गई थी।

एक दिन मदन के साथ मैं कमरे पर आ रहा था। विनीता एक छोटी-सी लड़की की अँगुली पकड़कर आती दिखाई दी। उसको देखकर मेरे भीतर का कस्बा स्फूर्त हुआ। अपनी चाल-ढाल को सँवारकर नाक की दिशा में आगे बढ़ने लगा।

जब हम एक जगह के दो केवल पहचानने वाले लोग बाहर कहीं मिलते हैं तो दोस्ती की बूँदाबूँदी होने लगती है। हमारे हृदय बेहद महीन और पवित्र हो जाते हैं। लगता है, दूर कहीं कोई चिड़िया कूक रही है।

तब मेरी उम्र यह नहीं थी। तब तक मेरे नथुनों में किसी लड़की की साँस नहीं समाई थी। तब तक मैंने किसी लड़की की आँखों में

अपनी तस्वीर नहीं देखी थी। तब लड़कियाँ मुझमें विद्युत उत्पन्न करती थीं। विनीता को देखकर मैं तितर-बितर हो गया।

और यकायक होता क्या है, वह मेरे पास आकर रुक जाती है।

वह अभी अकेली और अजनबी थी, शायद इसीलिए अपने कस्बे के एक लड़के को देखकर ठहर गई। वह गोरी थी। न दुबली थी न मोटी थी। वह लम्बी थी। वह शलवार-कुर्ता-दुपट्टा में एक सुन्दरी थी। उसने कहा, ''आप यहीं पढ़ते हैं? आप हमारे अपने जिले के हैं न?''

''जी।''

''मैं भी यहीं एडमीशन लूँगी, हिन्दी में।''

''बहुत अच्छा।'' मेरे भीतर का जाँबाज उभर आया, ''कोई दिक्कत हो एडमीशन में, मुझे बताना। मैं उसी विभाग में हूँ। और हाँ, यहाँ कैसे?'' मैं अपनी दाढ़ी पर हाथ फेरने लगा।

''मेरी मम्मी हॉस्पिटल में एडमिट हैं, उन्हीं के पास जा रही हूँ।''

''कहाँ, किस नम्बर में?''

''यहीं स्वरूपरानी में। कमरा नम्बर सिक्स में बेड नम्बर फोर पर।''

''अच्छा मैं आऊँगा देखने तुम्हारी मम्मी को।''

वह चली गई तो मदन ने कहा, ''तुम भावुक हो गए थे।''

''नहीं, मैं यथार्थवादी हो गया था।''

मदन मुस्कराया। थोड़ा ठहरकर बोला, ''वैसे भाभीजी हैं अद्भुत।''

हम लोगों में स्त्री जाति को लेकर कुछ शब्द थे। हम एक-दूसरे की प्रेमिकाओं को भाभी कहा करते थे। किसी अनजानी हमउम्र लड़की को देखकर श्रीमती जी बोलते। कम उम्र वाली को साली, अधिक उम्र वाली किन्तु सुन्दर को स्थापत्य और शेष को चाची जी मानते थे।

हमारे हाथ में किताबें और कलमें थीं। लड़ाई वाले झंडे थे। हमारे दिमाग में ज्ञान था। खतरनाक नारे थे। हमारे हृदय में प्यार का समन्दर था। हमारे हृदय में क्रोध का ज्वालामुखी था।

पर विभाग में मुझे देखकर विनीता ने मुँह फेर लिया। शायद

इसलिए कि मैं कपड़ा-लत्ता के मामले में फटीचर नहीं तो दुरुस्त भी नहीं था। दूसरे, उसके सामने ही एक लड़के से उधार माँगा था। तीसरे, क्लास नहीं अटेंड करता था। एक बात यह, अब वह अकेली नहीं थी। उसकी संपन्नता और सौन्दर्य ने उसे दोस्ती के उपहार दिए थे।

मैंने कहा, ''परवाह नहीं करता।'' और उसकी तरफ से निराश हो गया। चूँकि मेरा राग मजबूत नहीं हुआ था इसलिए उसके तागे को तोड़ने में मेहनत भी नहीं करनी पड़ी। खास कुछ था ही नहीं, तो बिखरता क्या?

लेकिन जब योग्य अध्यापकों ने मुझसे मित्रवत् व्यवहार किया, गुंडों ने सलाम किया और लड़कियों ने सटकर बातें कीं, तो फिर विनीता ने अधिकार जताया, ''हम दोनों एक ही शहर के हैं।''

मैंने कहा, ''तुम्हारी मम्मी कैसी है अब?''

''आप आए नहीं देखने।''

''एक सेमिनार में मुझे अहमदाबाद बुलाया गया था। उसी में फँस गया था।'' मैंने हाँक दिया। मेरी गप्प का असर हुआ और अपनी प्यारी-प्यारी आँखें उठाकर वह मुझे मुग्ध भाव से देखने लगी। मैंने एक चोट और की, ''किताबें वगैरह तुम्हारे दोस्तों ने दे दी होंगी?''

''जब आप हैं, तो मैं किसी दूसरे से क्यों माँगूँगी?'' वह हँस दी। उसके छोटे-छोटे दाँत चमक उठे।

वह ग्यारह बजे के लगभग आती थी। साढ़े दस से ही बरामदा में उसके अनुयायी मुस्तैद हो जाते थे। उनकी जेबों से कंघी, रूमाल और सिगरेट निकल आते थे।

उस दिन भी यही सब हो रहा था। वह आई और सीढ़ियाँ चढ़ने लगी। अनुयायियों की खाँसी और भुनभुनाहट के बीच मेरा दिल डूबने लगा। वह इधर-उधर देखने लगी। अचानक खुश हो गई और बिना घुँघरू के छमकती हुई मेरे पास आ गई। सीने पर हाथ बाँधकर मुस्कराने लगी। उसकी आँखों में नृत्य उभर आया। आँखें नचाकर बोली, ''किताबें लाए हो?''

''हाँ येल्लो।'' मेरी उम्र एक-डेढ़ वर्ष कम हो गई। सुन्दरता की

गति हमारी उम्र को कम करती है और भावनाओं को ज्यादा। सुन्दरता में एक लय होती है, जिस पर सब कुछ थिरकने लगता है।

मैंने एक किताब में एक बड़ी पत्रिका से आया अपनी रचना का स्वीकृति पत्र रख दिया था। ऐसा कुछ दो कारणों से करता था। एक, विनीता पर मेरी धाक जमेगी। दूसरे, उसे देने वह फिर मेरे पास आएगी। अब मैं उसके रंग में रंगीन होने लगा था। चाहता था, वह बार-बार आए और मैं उसकी आँखों का उठना-गिरना देखता रहूँ।

इसी तरह मैंने अपने प्रेम को विनीता की आँखों और आत्मा में सार्वजनिक किया था। मैंने एक किताब में एक बड़े-से लिफाफे में एक छोटी-सी चिट पर लिखा था कि मैं उसे प्यार करता हूँ।

हालाँकि यह एक किशोर हरकत थी जो हास्य पैदा करती थी, किन्तु क्षुद्र नहीं थी। दरअसल जब भी कोई प्यार करता है, तो थोड़ा-सा ज्यादा किशोर हो ही जाता है।

अगले दिन विनीता मिली तो बोली, हम रजिस्ट्रार आफिस की ओर चलें। वहाँ भीड़ कम थी और जो थी, अपरिचित थी। उसने कहा, ''मैं जानती थी, आप लेखक हैं, सो लिखकर ही कहेंगे।''वह कुछ-कुछ काँप रही थी।

''मैं लेखक हूँ, इसलिए लिखकर अपने को व्यक्त नहीं किया, बल्कि इसलिए कि मैं डरता था।''

''क्यों?''

''कहीं तुम डाँट न दो।''

''भक''। उसने तरेरकर देखा।

इसके बाद हम कविता हो गए थे। हम सँवार रहे थे। हम सँवर रहे थे। प्रेम हमें बेहतर बना रहा था। हम प्रेम के उच्चतम रूप को पाना और महसूस करना चाहते थे...

मेरा एम.ए. का रिजल्ट निकल आया। मैं नौकरी को पाना चाहता था क्योंकि मैं विनीता को पाना चाहता था। मैं चाहता था कोई नौकरी कर उससे शादी कर लूँ। लेकिन नौकरी खफा थी।

असली बात यह कि एम.ए. करने के बाद से हम थकने लगे थे।

हमारी चमक मलिन होने लगी थी। हमें नौकरी की जरूरत थी मगर वह लापता थी। हम सारे दोस्त परेशान थे और अधिक मुलाकातें करने लगे थे। बस एक राघव था जो न जाने कहाँ बिजी रहता था।

अभी तक वह दिन याद है। वह आखिरी दिन था जब हम सब काफी हाउस में इकट्ठा थे। बस एक राघव नहीं था। विजेन्द्र का मनीआर्डर आया था, सो वह काफी के साथ पकौड़ा भी खिला रहा था। मदन जल्दी-जल्दी खा रहा था। वह भूखा था। उसे घर से पैसे मिलने बन्द हो गए थे। या हो सकता है घर में पैसे रहे ही न हों। कुल मिलाकर मदन कड़की में था और भूखा था। पता नहीं, सुबह उसने खाना खाया था या नहीं। पता यह भी नहीं कि पिछली रात उसने खाना खाया था या नहीं। दरअसल निश्चित तो यह भी नहीं कि उसे खाना कब मिला था। मैं शर्मिन्दा हो उठा, दोस्त इस दशा में है और हमें कोई फिक्र नहीं।

मैंने कहा, ''मेरा खाने को मन नहीं।'' अपनी प्लेट मदन की तरफ खिसका दी।

सोमेश ने भी पकौड़ा खाने से इनकार कर दिया, ''मुझे खाने की बिलकुल इच्छा नहीं। मदन, तुम खा जाओ इसे।''

''मेरा पेट खराब है। मैं बस दो खाऊँगा।'' प्रकाश बोला।

जब हम काफी पीने लगे तो मदन ने कहा, ''मैं दो-तीन दिनों में घर चला जाऊँगा। यहाँ रहने का खर्च नहीं है मेरे पास।''

मैंने कहा, ''मैं कुछ दिन अभी रहूँगा।''

मदन ने विस्फोट किया, ''तुम ज्यादा दिन नहीं रह सकोगे; क्योंकि तुम विनीता के लिए रुक रहे हो और जल्द ही उसकी शादी होने वाली है।''

''क्या मतलब?'' जैसे मैं मुँह के बल गिर पड़ा था।

मैं उससे मिलने के लिए इतना उतावला था कि अगले दिन दस बजे ही युनिवर्सिटी गेट पर पहुँचकर उसका इन्तजार करने लगा।

अब उसके और मेरे बीच एक खींचतान थी। मैं उससे कहता, हमें शादी कर लेनी चाहिए। वह बार-बार कहती, मम्मी-पापा की तबीयत

वैसे ही खराब रहती है। हम शादी कर लें तो क्या होगा? मैं चिढ़कर बताता, ''तुम्हारे मम्मी-पापा की उम्र में हर हिन्दुस्तानी की तबीयत खराब रहती है, लेकिन उनमें से जब किसी की औलाद प्रेम विवाह करती है, तो वे मर नहीं जाते।''

वह रोने लगती।

जब उसकी शादी तय हो गई तो मैंने कहा, ''काँग्रेचुलेशंस।'' वह धूर्त की तरह चुप रही।

उस तिथि की रात को मैं कई बार सड़क पर घूमने निकला। थोड़ी दूर जाता और लौटकर फिर कमरे पर आ जाता। फिर निकलता और लौटकर फिर कमरे पर आ जाता। मुझे महसूस होता, मैं अकेला हूँ। एक तीव्र उदासीनता और आसक्ति में लिप्त था मैं।

सुबह मैंने पाया, विनीता नहीं है मेरे पास। दोस्त शहर से परिन्दों की तरह ठूँठ पेड़ को त्यागकर चले गए हैं। दोस्तों की गहरी याद आई और घर जाने के लिए तैयारी करने लगा। घड़ी बेचकर मकान-मालिक को किराया दिया। मैं जाने लगा तो मकान-मालिक की पत्नी ने एक डिब्बा पकड़ाया।

मैंने कहा, ''यह किसलिए?

''रास्ते में खा लेना।'' जल्दी से कहकर वह कमरे में भाग गई और मेरे जाते समय तक नहीं निकली।

एक दिन मैं घर में घुसा तो सामने माँ दिखी। उसका चेहरा गिरा हुआ था और नसें उभरी थीं। मैंने पूछा, ''पिताजी कहाँ है?''

''आराम कर रहे हैं।'' माँ की आवाज अस्वाभाविक थी।

''यह नई बात कैसे? वह तो हमेशा कुछ-न-कुछ करते रहते हैं।''

''अच्छा बैठ, तू तो आराम कर ले।'' माँ की आवाज और अस्वाभाविक हो गई। असल में उसकी आवाज हिल रही थी।

मैं भीतर कमरे में घुस गया। देखा, पिता चारपाई पर कमरे की छत को एकटक देखते हुए रो रहे थे। मूक और अविरल।

मुझे देखकर उन्होंने आँसू पोंछे। उनकी आँखें सूजी थीं। मुझसे चारपाई की पाटी पर बैठने का इशारा किया। मैं बैठ गया। उन्होंने

कहा, "तुझे चिन्ता करने की जरूरत नहीं। मैं हूँ।" वह इतनी जोर से बोले कि मैं चौंक गया। दरअसल वे माँ को सुनाना चाह रहे थे यह बात, जो बरामदे में बैठी थी।

मैंने खिड़की से देखा, माँ उठकर आँगन में चली गई। इसका मतलब, वह दुखी है। दुखी न होती तो मुस्कराती।

माँ को जाता देख पिताजी का चेहरा मुरझा गया।

उस रात अचानक मेरी नींद खुली तो देखा, माँ और पिताजी मुझे लेकर बातें कर रहे हैं। मेरे बारे में, मेरी बेरोजगारी के अलावा दूसरा क्या विषय हो सकता है। उनके स्वर में प्यार, पश्चात्ताप और लाचारगी की लहरें थीं। मुझे उनकी वार्ता गहरे संगीत की तरह लगी। मेरे जमे हुए रक्त का बर्फ पिघलने लगा। मुझे लगा कि मैं कितना अकर्मण्य और कायर हूँ। माँ और पिता कुछ कहते नहीं और मैं यहाँ उनके पास इच्छाहीन, संकल्पहीन और कर्महीन पड़ा हूँ। मुझे लगा जैसे दसों दिशाओं से आवाजें आ रही हों, कुछ करना चाहिए...मुझे कुछ करना चाहिए...मुझे कुछ करना चाहिए...। मेरी नसें तन गईं। रक्तचाप भी बढ़ गया होगा। मुझे अनुभव हुआ, इस समय समूची सृष्टि में केवल मैं हूँ। अकेला मैं ही हूँ इस सृष्टि में और कण-कण से बस यही गूँज आ रही है कोलाहल की तरह—कुछ करना चाहिए.. .मुझे कुछ करना चाहिए...।

ऐसा लगा, अभी शरीर की नसें फट जाएँगी और खून का फव्वारा निकल पड़ेगा। सब कुछ खिंचता जा रहा था...खिंचता जा रहा था...तभी अचानक मेरी आँखों से आँसू गिरने लगे, मैं क्या करूँ? कुछ करने को हो, तो करूँ? आखिर मैं क्या करूँ?

माँ और पिता जान न लें इसलिए मैं कंठ को दबाकर रो रहा था।

सुबह निर्णयकारी थी। मैंने इलाहाबाद आने का फैसला किया। अपने घर के अलावा यही तो एक शहर था, जहाँ मेरे अपने थे। युनिवर्सिटी थी, लोग थे, मुहल्ले थे और सड़के थीं और इन सब में कभी छिटक कर गिरे थे, हमारी मस्ती के फूल के पराग कण।

मैं ट्रेन में बैठा था। कई लोग ट्रेन में बैठे थे। कम्पार्टमेंट किसी

घर के आत्मीय कमरे की तरह था। किसी पराए शहर की पराई दुकान की तरह था। मैं सहयात्रियों से विमुख खिड़की से बाहर देख रहा था लेकिन मैं बाहर के जगत को नहीं देख पा रहा था। क्योंकि मेरा जो एक जगत था–नष्ट हुआ था। नष्ट हो रहा था और दूसरा कुछ रच नहीं रहा था। रचा नहीं था। बिना कुछ पाए ही मेरा जो एक जगत था, नष्ट हुआ था–नष्ट हो रहा था...। मेरे भीतर चारों ओर धुआँ घहर रहा था। बिना आग सुलगे हुए। कोई भी आग नहीं थी। आग का टुकड़ा–एक अंगारा तक–नहीं था। फिर भी मेरे भीतर चारों ओर एक धुआँ घहर रहा था।

ट्रेन बढ़ी जा रही थी। सहयात्री बढ़े जा रहे थे। मैं बढ़ा जा रहा था लेकिन मैं आगे नहीं बढ़ा जा रहा था। मैं पीछे छूटा था और पीछे छूटता चला जा रहा था।

आगे आने के मेरे इरादे क्षण-भर में बने थे और क्षण-भर में चुक भी चले। मेरे इरादे दगा दे गए थे। वहाँ पहुँच कर मैं क्या करूँगा? कैसे दुखों से छुट्टी पाऊँगा मैं? कौन मेरी मदद करेगा? किसकी मैं मदद लूँगा?

ट्रेन रूक गई। कोई स्टेशन था। कुछ लोग उतरने लगे। कुछ लोग चढ़ने लगे। बहुत व्यस्तता। बहुत उत्तेजना। उतरने-चढ़ने की, चाय-नाश्ते की, पान-सिगरेट-बीड़ी की। मुझे भूख लगी थी। मैं कुछ खाना चाहता था पर जो पैसे थे उन्हें बचाए रहना चाहता था। ट्रेन चल पड़ी।

मौसम में ठंड थी, पर मेरे चेहरे पर पसीना आ गया। मैंने आँखें मूँद लीं। मेरा दिल जोर-जोर से धड़क रहा था। मेरे भीतर गोलियाँ दागी जा रही थीं। बम विस्फोट हो रहा था। माँ और पिताजी की ममता की साँकल बज रही थी। लेकिन दरवाजे बन्द थे। खिड़कियाँ बन्द थीं। साँकल की ध्वनि भी गोलियों और बमों की धुआँधार में खतरनाक हो रही थी। मेरे भीतर के ढह गए कंगूरों, गुम्बदों, फानूसों आदि के अवशेष भी बिखर रहे थे। जैसे कर्जदार किसान के हरे-भरे खेत को पाला मार जाए। जैसे बूढ़े माँ-बाप के बेटे की मौत हो जाए। जैसे भीड़ में बच्चा अकेला हो जाए...।

अन्वेषण

बाहर खेत थे और खेतों से जुड़ी हुई कोई-कोई बस्ती। खेतों में गन्ने थे। धान के नरम नुकीले पौधे थे। खेतों में हरे-हरे पेड़ थे। बीच-बीच में सरसों के पेड़ और उसके पीले-पीले फूल। खेतों में पुरुष थे। खेतों में स्त्रियाँ थीं। खेतों में बच्चे थे।

4

मेरा जीवन हमेशा इसी तरह रेत नहीं था।

मेरे माँ-पिता और दो बहनें अभी भी हैं। बहनों के अपने परिवार हैं। पिता नौकरी पर हैं। लेकिन जिक्र तब का, जब मेरा जीवन इस तरह रेत नहीं था या जिक्र तब का भी, जब मेरा जीवन इसी तरह रेत था।

मेरे माँ-पिता मुझे बहुत प्यार करते थे। इतना कि मैं उनके प्यार की कीमत भूल गया था। हालाँकि, प्यार की कीमत नहीं होती। वह बेशकीमती होता है। उसका अहसास धूप की भाँति नहीं बल्कि धूप के उत्ताप की तरह होता है जो दिखता नहीं है, सिर्फ गर्माहट देता है। धूप के उत्ताप को जानने का—भीतर तक महसूस करने का—एक तरीका है—सर्दी से कँपकँपाते हुए उस तक पहुँचा जाए। तो इस तरह मेरे माँ-पिता मुझे बहुत प्यार करते थे।

जब मैं बचपन में एक लड़के के हाथ में सुन्दर-सा खिलौना लालच से देखने लगा था, तो माँ ने मुझे गोद में उठाकर छाती से लगा लिया था और मेरी पीठ पर हाथ फेरने लगी थी। एक दिन स्कूल से एक दोस्त की कहानियों वाली किताब चुराकर लाया था। माँ ने मुझे बेहद पीटा था। सचमुच माँ मुझे बहुत प्यार करती थी।

मेरी परिचित एक क्रिश्चियन लेडी डॉक्टर ने अपनी एक मरीज के पति से कहा था, "तुम अपनी पत्नी से प्यार जताया करो, वह ठीक हो

जाएगी। हिन्दुस्तानी मर्दों में खास बुराई होती है कि उनके हार्ट में बड़ा लव होता है पर वो जुबान तक नहीं आता।'' मेरे पिता भी माँ के प्रति बिलकुल ऐसे ही थे। बल्कि यह खामी उनमें हम बच्चों को लेकर भी थी। वह इस शताब्दी के उस दौर के पिता ठहरे जब लोग अपनी औलाद को दुसारना मर्द की मूँछ का अपमान समझते। फिर भी मैं इतना बदमाश था कि मौका पाते ही उनकी मूँछें पकड़कर लटक जाने का यत्न करता। जब उनकी मूँछों में दूध, दही या कोई तरल पुत जाता तो मेरी खुशी खिलखिला उठती। इस पर पिता तुनक जाते और मुझ अबोध से हारकर माँ पर बिगड़ने लगते। इसलिए बड़ा होने पर मैं खिलखिला न कर, मुस्कराता भर। वह भी छुपाकर। हाँ, मूँछों को पकड़कर लटकता नहीं। इसलिए भी कि बाबा की मौत के बाद पिता ने मूँछें साफ करा दी थीं।

पिता अब भी बहुत बिगड़ैल हैं। तब तो खैर थे ही। इतने कि क्रोध की झोंक में मैं कभी-कभी सोच बैठता कि इनका पुत्र होना मेरे लिए दुर्भाग्यपूर्ण है। ऐसे में मैं उनकी मूँछें पकड़कर लटकने का सुख और उनकी मूँछों में लिपटे तरल से उपजी खुशी को भूल जाता और उनकी एक-एक हरकत से कुढ़ने लगता।

बचपन में जब एक बार मैं घर को बिना खबर किए रात-भर नौटंकी देखता रहा, तो सुबह आकर देखता हूँ, पिता का शरीर तप रहा है। रात-भर वे चोरबत्ती लेकर मेरी खोज करते रहे। माँ कहती है, मेरे गुम होने पर वे इस तरह हो गए थे, जैसे खुद गुम हो गए हों और खुद को ही खोज रहे हों...

माँ का ही कहना है कि जब मैं जन्मा तो उसके पास मुझे प्यार देने के लिए केवल छाती की दूध था और पिता के पास मेरी अभावग्रस्तता पर दुखी होकर माँ पर किया जाने वाला गुस्सा। ऐसे दुर्दिन थे कि माँ मुझे दुलार करती, मैं चीखता तो माँ मुझे पीटती और खुद रोती। माँ खुद रोती और फिर मुझे दुलार करती।

कुछ दिन बाद मैं अन्न खाने लगा था, इसलिए स्मृतियों को सहेजने लायक हो गया था। इसलिए उन दिनों को मैं माँ-पिता की

आँखों और हृदय से नहीं, अपने तईं बतला सकता हूँ। मैं अन्न खाने लगा था और अन्न जल पर ही हमारी गुजर होती थी। धान का समय है तो घर का मुख्य आहार चावल हो जाता था। चावल का नाश्ता और चावल का खाना। गेहूँ का समय है तो रोटी जीवनीशक्ति थी हमारी। हमारा बासी और हमारा ताजा–सब कुछ रोटी होती। आलू हमारा सदाबहार शाक था।

एक दिन क्या होता है–घर में अच्छा भोजन पकने लगा। यह क्यों और कैसे था, किस घटना के नतीजतन हुआ, कह नहीं सकता। कह इतना ही सकता हूँ कि घर में अच्छा भोजन पकने लगा था। रसोई से खुशबू उड़नी शुरू हुई तो थमी नहीं। हमारे घर में रोज सब्जी बनती थी। मुझे दूध मिलने लगा और पढ़ाई के लिए समुचित किताबें।

मैं खुश था मगर माँ चिन्तित। कई बार पिता बाजार से भरे हुए झोले लटकाए लौटते, तो माँ रो पड़ती जबकि मैं चहक उठता था।

मैं समझ नहीं पाता था, माँ को हो क्या गया है?

मैं तब भी नहीं समझ पाया जब एक दिन कोयले से धरती पर लकीरें खींच रहा था और यह देखकर माँ ने बेतहाशा पीटा था। पीटने के बाद माँ हाँफ रही थी। रात को माँ ने सूजन पर हल्दी लगाई और मेरे सिर को गोद में लेकर सिसकते हुए कहा था, "बेटा कोयले से लकीर खींचने पर बाप पर कर्ज चढ़ता है।" मुझे ताज्जुब होता है, मैं क्यों नहीं समझ पाया कि मैं क्यों खुश रहता हूँ और माँ चिन्तित।

रहस्य के इस दुर्गम किले को मैं तब भेद सका, जब पिताजी के नाम कुर्की आई। माँ फूट-फूट कर रोने लगी थी। कहती थी, पिता को हथकड़ी लग जाएगी और वे थाना भेज दिए जाएँगे।

जन्म से लेकर उस वक्त तक मैं पहली बार घबड़ाया था। मैं घबड़ाया हुआ था और पिता सोच रहे थे। उन पर कई हजार का कर्ज चढ़ चुका था। उन्होंने कर्जदारों की रकम अदाएगी के लिए बैंक से रकम ली थी। वे बैंक के देनदार हो गए थे और अब कुर्की आई थी।

पिता के चेहरे पर शिकन भर थी। पस्तहिम्मती और लाचारगी से वे कई योजन दूर थे। उन्होंने गाँव की आधी खेती बेच दी और

मुसीबत से छुट्टी पाई।

आधी खेती बची थी, जो हम बहन-भाइयों की पढ़ाई की बलिवेदी पर जिबह की गई। इस उम्मीद में कि आगे भविष्य का देवलोक मिलेगा।

पिता में क्रोध था, तो धीरज भी अपरम्पार था। जानता हूँ कि कितने गाढ़े वक्तों में और बुरे दिनों का पिता ने मुकाबला किया। शुरूआत से उनकी जीवट से दोस्ती रही। बड़ी से बड़ी मुसीबत हो, उनकी पेशानी पर शिकन तक नहीं पड़ती, बल्कि माँ की शिकायत ही यही रही कि वे लड़ाई अकेले लड़ते हैं। कुछ बतलाते तक नहीं।

माँ कभी-कभी चौंकाने वाले वाक्य बोलती। उसकी पढ़ाई-लिखाई न के बराबर रही। वह तब की है, जब चिट्ठी को पढ़ पाना और लिख पाना ही स्त्री-शिक्षा का चरम मानदंड था।

पर माँ की समझ अद्भुत रही। उसमें संवेदनशीलता और स्वाभिमान की विपुल राशि भी हर समय मौजूद रहती रही है। मैं उससे तेज बोल देता तो मुझसे मेरे क्षमा माँगने तक के लिए बोलना छोड़ देती। और यदि औसत से धीमा बोलता तो चिन्तित होकर मेरी परेशानी की वजह पूछने लगती।

माँ के विषय में कहा जाता है, अपने समय में बेइंतिहा रूपवती थी। उसमें किसी राजरानी की तरह गरिमा, दीप्ति और दर्प थे। मजे की बात लोग यह भी कहते हैं कि पिता अपने समय में उससे भी ज्यादा रूपवान थे। मुझे विश्वास नहीं होता।

दोनों ही बाद में बिलकुल मामूली हो गए। पिता कए कचहरी के बाबू की तरह रंगरूप वाले और माँ कचहरी के बाबू की पत्नी की तरह रंगरूप वाली।

माँ कहती हैं, एक मायने में मैं पिता की तरह हूँ—मैं भी जिन्दगी में हर प्रहार को अकेले झेलने का कायल हूँ और प्रहार करना भी अकेले चाहता हूँ। इसीलिए मेरे लिए मेरा दुख मेरा दुख है और सुख मेरा सुख।

मैं सुख के चेहरे को सही-सही, साफ-साफ आज तक नहीं जान सका हूँ। हाँ कथित आनन्द के लमहों में पतली-सी विद्युत-मेखला चमक

जाती है बस। वैसा पता नहीं, यह चमक सच है या सच नहीं है? क्योंकि मैं सुख के चेहरे को ठीक से पहचानता ही नहीं। माँ की मान्यता है, सुख हमेशा भले लोगों के बीच और भीतर रहने पर जन्मता है। लोगों के बीच उठो-बैठो, तो पाओगे कि सुख का चेहरा तुम्हारी हथेलियों में है या तुम्हारा चेहरा सुख की हथेलियों में है।

मुझे लगता है मैं सुख का उत्ताप या उसकी शीतलता कभी नहीं जान पाऊँगा। क्योंकि मुझे लगता है, मैं लोगों के बीच कभी नहीं इस तरह हो सकूँगा कि वे मुझे अपने बीच महसूस करें।

लेकिन नहीं...। बचपन में मैं खूब मटरगश्ती करता था दोस्तों के साथ। गर्मियों में हम दोस्त कपड़े लेकर कस्बे के ट्यूबेल पर नहाने जाते थे, वहाँ पानी से छपाछप घंटों खेलते। वहीं बगल में एक बाग था, जिसमें कलमी आम के ढेर सारे पेड़ थे। जिनकी डालें आमों के बोझ से झुकी रहतीं। हम दोस्त दीवार कूद कर जाते और झटपट आम तोड़ लेते। अब माली दौड़ा रहा होता और हम भाग रहे होते। हमारी साँसें फूल जाती थीं।

...मेरे घर के पास ही रामलीला होती थी। रात को मैं जल्दी खा लेता था। मेरे कान चौकन्ने रहते। जैसे ही हारमोनियम की आवाज आती, मैं बोरा लेकर दौड़ पड़ता। अभी तक भीड़ नहीं होती। मैं ईंटों का दो पर्तोंवाला चबूतरा बनाकर उस पर बोरा डाल देता। अब उस पर बैठा हुआ मैं, अपनी आँखों में बेताज बादशाह होता।

अरे, यह सब कहते हुए मैं और अकेला अनुभव करने लगा हूँ। अजीब बात है। शायद इसलिए कि शिशुपन के जिस सुख का मैं जिक्र कर रहा हूँ वह सुख नहीं, महज सनसनी थी। सुख-दुख से विमुख उत्तेजना की एक छलाँग भरी दौड़ थी। जिसका अनुभव सुख से ज्यादा प्रगाढ़ आनन्दकारी हो सकता है किन्तु सुख नहीं होता।

बड़ा होने पर जब मैं विनीता को एक अतल गहराई से प्यार करने लगा, तो वह भी सुख नहीं था? विनीता की काँपती हुई अँगुलियाँ घबराहट के कारण बार-बार मेरी अँगुलियों में उलझकर मुक्त होती थीं, वह भी सुख नहीं था? जब मैं उसकी आँखों में एकटक देख रहा था, तो

उसने झुककर अपने होंठों से मेरी पलकें मूँद दी थीं–क्या वह भी सुख नहीं था? कैसे मान लूँ कि वह सुख था? क्योंकि इन सबके बाद विनीता से अलग होने पर मैं बेइंतिहा उदास और लाचार हो जाता था। मैं उस तरह हो जाता था, जैसे दूर-दूर तक फैले शान्त जल के बीच सुबह-सुबह कोई फूल उगा हो–निश्चल और अकेला।

बड़ा होने पर एक और चीज मुझ पर असर डालती थी। जब कभी मैं बीमार होता या रोजगार की दुश्चिन्ताओं से खौफ खाकर सुन्न पड़ा रहता, तो माँ, कभी कदाचित् पिता भी आकर मेरे सिर पर हाथ फेरते और पास में बैठ जाते। अपने हाथों में मेरा हाथ ले लेते। देर तक बिना कुछ बोले–बिना कुछ सुने, बैठे रहते।

ऐसे में मुझे महसूस होता कि माँ और पिता का मुझसे कितना विपुल राग है। मैं विभोर होकर भीग जाता था। मगर यह भी तो सुख नहीं था। क्योंकि नामालूम क्यों माँ और पिता की यह मौन आत्मीयता मुझमें एक पवित्र अवसाद की नदी बहा देती। उनका प्रेम मुझे द्रवीभूत कर देता था और मैं अन्दर से हिल उठता था। जैसे तेज हवा चलने पर आँगन में टँगा कोई तार काँप उठता है और देर तक हिलता ही रहता है।

आखिर मेरा गुनाह क्या है? मैं क्यों सुख से अभी तक वंचित हूँ? मैं चाहता हूँ, मैं पूरी तीव्रता और सघनता से चाहता हूँ कि सुख का बड़ा चेहरा मेरी आँखों में प्रतिबिम्ब बनकर दीप की तरह टिमटिमाए। लेकिन मैं सुख से अभी वंचित हूँ। आखिर मेरा गुनाह क्या है?

जिस तरह दोस्त अज्ञात हो गए हैं उसी तरह मैं माँ-पिता के लिए अज्ञात हो गया हूँ। मैं घर नहीं जाता हूँ। अर्सा हो गया, घर पहुँचकर माँ-पिता के चरण छुए। वहाँ जाना कितना डरावना लगता है। जैसे भीतर कोई ऐसी मशीन लग गई हो, जो अनवरत डर का उत्पादन करती हो। डर...डर...माँ और पिता, मैं किसी भी परिचित या अपरिचित से मिलने से डरता हूँ कि कहीं वह मुझसे जवाब न माँगे कि मैं क्या करता हूँ? मैं क्या करता हूँ–यह ऐसा सवाल है जो मेरे लिए उस कृत्य से भी ज्यादा नृशंस है जिसमें संगीन की ठंडी नोक आदमी की गरदन में

धँसाकर ध्वज की तरह उठा दी जाती है। इससे भी ज्यादा नृशंस है। इससे भी ज्यादा नृशंस–यह सवाल कि मैं क्या करता हूँ?

ऐसी निर्मम परिस्थितियों से सुरक्षा के लिए ही तो मैं समय की पृथ्वी का बहुलांश अपने कमरे में बिताता हूँ। मैं किसी से नहीं मिलना चाहता–किसी से नहीं बोलना चाहता–मैं किसी को सुनना नहीं चाहता।

ताज्जुब है, कभी मैं कितना मुखर और जिन्दादिल था। मैं दोस्तों का दोस्त और दुश्मनों का दुश्मन था। मेरे ठहाके विख्यात थे और रात-रात भर की मेरी गप्पें कुख्यात। लेकिन अब मैं अन्तर्गुहावासी। मेरी बेरोजगारी ठोकर मारते हुए मुझे इस कमरे की गुफा में धकेल देती है। मैंने शुरू में इस कमरे से आजाद होकर सूर्य और पृथ्वी-जल के मध्य के इस संसार का संगी होने की कोशिश की। कई बार कोशिश की। लेकिन हर बार मेरे खालीपन–मेरी अस्तित्वहीनता ने धक्के देकर मुझे गुफा रूपी इस कमरे में गिरफ्तार कर दिया।

लगता है, मैं खत्म हो गया हूँ। मैं अपना अवशेष हूँ। माँ और पिता देखें, तो पहचानने से इनकार कर दें। तो क्या मैं सचमुच माँ और पिता के लिए अज्ञात हो गया हूँ? नहीं। जहाँ मुझे लगता है, मैं माँ-पिता के लिए अज्ञात हो गया हूँ, वहीं मुझे यह भी लगता है मैं उनके लिए चिर-परिचित-मुकम्मल तौर पर ज्ञात हूँ। वे मेरे अँधेरे की एक-एक स्वर लहरी से वाकिफ हैं। जब मैं घर से यहाँ आता था, तो माँ नमकीन और मठरी के साथ-साथ गेहूँ और चावल की जागीर भी देती। मैं न लेने का हठ करता ही रहता लेकिन वह मनमानी कर ले जाती। कहती, ''घर के धुले-बिने हैं।'' वह कितनी चतुराई से मेरे स्व को सहलाते हुए मुझे लाभ पहुँचाती।

चीजों को लेने से अस्वीकार की वजह थी कि लगता, मुझे इन्हें हासिल करने का अधिकार नहीं। उम्र के उस पड़ाव पर देने का दायित्व होता है और गर मैं दे नहीं रहा, तो लेने का कसूर क्यों करूँ? इसलिए मैं इनकार करता था। मैं खाने की थाली में चार से अधिक रोटियाँ नहीं लेता था। एक दिन देखा, रोटियाँ मोटी हैं। दो के आटे में एक रोटी बनी थी। कोई माने या न माने मगर मैं यह मानता हूँ, दो के आटे में

बनी एक रोटी दुनिया की महान कला थी। मेरी माँ बहुत बड़ी कलाकार। संवेदना के महासागर में सिक्त कलाकार।

पिता के क्या कहने। बहुत बड़े नाटककार। बाहर की दुनिया में मेरी हालत ने जाहिर है उन्हें बहुत बेइज्जत कराया। मौजूद समाज में जहाँ पुत्र पिता को उऋण करनेवाला होता है, उसकी हैसियत से पिता की अहमियत में इजाफा होता है, वहाँ मेरी बेकारी ने उन्हें कितनी अवमाननाओं और कुंठाओं से घेरा होगा। उनका बेटा आजकल कहाँ पर है? यह सवाल मैं क्या करता हूँ, मुझसे पूछे जानेवाले सवाल से रत्ती-भर कम जहरीला नहीं। जवाब में जितनी भीषण यातना से मैं गुजरता हूँ, पिता की यातना उससे जरा भी कमतर नहीं। बल्कि ज्यादा दृढ़। क्योंकि मेरे पास तो इस शहर के इस कमरे में नजरबन्द हो जाने का कवच है, मगर पिता के पास क्या है?

इसीलिए पिता मुझे गाली देते। श्राप देते। कोसते—लेकिन मेरी गैर-हाजिरी में। मेरे पहुँचने पर रंगमंच पर पर्दा गिरता और पिता चुप हो जाते। उनके गुस्से का शमन हो जाता। उसके बाद कुछ दिनों तक मेरा विशेष खयाल रखते। शायद उस दिन तक, जब तक मेरी बाबत पूछे गए सवाल से उनकी मुठभेड़ न होती।

पिता मेरे लिए कपड़े लाते। अखबार मँगवाते (खुद तो वह राशिफल भर देखते थे), पत्रिकाएँ खरीदते। सुबह-सुबह भीगा चना खिलाने के लिए जबरदस्ती करते। जेब-खर्च देते। लेकिन जब मैं घर से नदारद होता तो मुझ पर गुस्सा भड़क जाता।

तो क्या मैं जो घर पर इतने दिनों से नहीं हूँ तो इतने दिनों से पिता मुझ पर खौल रहे होंगे? नहीं, मैं जानता हूँ, मेरी अनुपस्थिति में उनकी पूजा-अर्चना में वृद्धि हुई होगी और ईश्वर की मूर्तियों-तस्वीरों के सम्मुख मेरी नौकरी के लिए गिड़गिड़ाते होंगे।

माँ बस रोती होगी। छुप-छुपकर रोती होगी। खुलेआम रोती होगी। मेरी मनपसन्द खाने की चीज कभी बनाती या देखती होगी तो फूट-फूटकर रोती होगी।

और मैं इस शहर में उनसे इसलिए अलग-अलग पड़ा हूँ कि वे

मुझसे कोई जवाब न माँगें। पर उन्होंने मुझसे कभी सवाल नहीं किया। मैं उनके शुभाषीशों को सवाल मानने की गलती करता हूँ—क्या अपने पलायन का औचित्य प्रमाणित करने के लिए? नहीं।

नहीं, मुझे यकीन है कि मैं इसलिए यहाँ हूँ कि मैं माँ और पिता के लिए अज्ञात हो गया हूँ। पर मुझे लगता है, नहीं मुझे दृढ़ यकीन है, वे अदृश्य होकर भी मुझे देखते रहे हैं टकटकी लगाए—अपलक।

नहीं, मैं इसलिए घर नहीं जाता कि घर पहुँचने पर माँ-पिता की विकलता का प्रसार बढ़ जाएगा। बढ़ जाएगा। बढ़ता जाएगा और एक दिन गैस-भरे गुब्बारे की तरह फूट जाए—वे मेरी हत्या कर दें या ज्यादा मुमकिन है, खुद अपनी हत्या कर लें।

मन होता है, ठहाके लगाऊँ अपनी इस कपोल कल्पना पर। हवाई उड़ान पर। मगर अवसन्न हो जाता हूँ—हाँ, माँ-पिता अपनी हत्या तो कर ही सकते हैं।

मैं कभी नहीं जाऊँगा घर। मैं कभी नहीं जाऊँगा माँ-पिता के पास।

अगर मैं न जाऊँ तो वे क्या कर सकते हैं? हो सकता है, कुछ करने से उनका मोह भंग हो जाए—कितनी खतरनाक बात है यह।

मैं जाऊँ या न जाऊँ—दोनों ही दशाओं में उन्हें यातना शिविर की नागरिकता की तरफ धकेल रहा हूँ। जहाँ सब कुछ लोमहर्षक है। वहाँ से वे मुझे मेरे बचपन का अलबम दिखाते हैं। उफ! सब कुछ कितना हिंसक है। ऐसे में बस दोस्त ही हत्यारे नहीं लगते।

मेरे बचपन के दोस्त—स्कूलों के दोस्त—विश्वविद्यालय के दोस्त, सब मेरी जैसी बेबसी से गुजर रहे होंगे। विश्वविद्यालय के इक्का-दुक्का दोस्त अब भी इस नगर में हैं, शेष न जाने कहाँ गुम हो गए? जहाँ भी गुम हुए होंगे—वहाँ मेरी तरह ही शेष हो रहे होंगे...।

5

मैं ट्यूशन के लिए निकला था। मन हुआ, न जाऊँ। चैथम लाइंस चलूँ। विनीता से मिलूँ। वह थोड़ी ही दूर गई थी कि पलटकर बोली थी, अच्छा किसी दिन घर आना। वह बोली थी और उसकी आवाज में कम्पन था। जैसे किसी पालतू पशु को अंक में दुलारो तो उसकी चमड़ी काँप उठती है। उसका मुख ऐसा हो गया था जैसे किसी बच्चे को बहुत-बहुत प्यार करते हो और एकाएक डाँट दो तो दुख में उसकी आँखें फैल जाएँ और होंठ रोने लगें। तो ऐसी हो गई थी विनीता तब जब वह थोड़ी दूर गई थी। और पलटकर बोली थी, अच्छा किसी दिन घर आना।

लेकिन मैं नहीं गया उसके घर। मैं ट्यूशन के लिए निकला था। ऐसा इसलिए हुआ कि जब मैंने फैसला किया कि उसके घर जाऊँगा तो पाया कि मुझमें एक हाँफता हुआ राजा उभर आया जिसका मुकुट चमक-दमक फैलाता हो पर जिसके भीतर घिनौने कीड़े हों। मैंने सोचा, जीतने के वक्त जिसे मैं हार गया, हारा हुआ मैं, उसे पाने की उम्मीद का पौधा क्यों रोप रहा हूँ? मुझे लगा, उसका पति मिल जाए तो कैसे मैं सामना कर पाऊँगा? मैं पराजय से भर गया।

मेरे मन में विनीता के लिए दबकर उभरता हुआ प्यार कुचल गया। अचानक मैं उसके लिए घृणा से भर उठा। शादी के बाद जब भी मैं उसके बारे में देर तक सोचता, घृणा से भर उठता और चाहता कि

वह संसार में सबसे ज्यादा दुखी हो। मैंने चाहा कि उसके साथ कोई हादसा हो जाए। मेरे भीतर घृणा का वसंत महक रहा था। मेरे भीतर क्रूरता का संगीत बज रहा था। लगा, मैं थक गया हूँ। भीतर महीन-सा–थोड़ा तरल, थोड़ा, ठोस, थोड़ा वाष्पमय–कुछ ऊपर से उतर रहा है–या नहीं, शायद धीरे कदमों से ऊपर चढ़ रहा है। या शायद दोनों।

तभी चुपके-चुपके मुझमें विनीता की खातिर प्यार के जल-भरे बादल घहराने लगे। मुझे विनीता की हँसी याद आई। मुझे विनीता की उदासी याद आई। मुझे उसकी चुहल याद आई। उसकी गप्प याद आई, सच्चाई याद आई। वह मुझे अंशों में याद आई। वह मुझे मुकम्मल याद आई। मुझे महसूस हुआ मैं सिर्फ आँखें हूँ और विनीता सिर्फ आँखें। मैं उदास हो गया। यह एक ऐसी उदासी थी कि मुझमें विनीता से मिलने का आकर्षण जाग गया। जैसे बारिश होने पर वृक्ष जाग जाते हैं।

मैंने अपने से गुजारिश की कि मुझे विनीता के घर चलना चाहिए। और मैं थोड़ी खुशी थोड़ी शर्म से उठकर आइने को निहारने लगा। लम्बे वक्त बाद मैं आइने से मुखातिब हुआ और पाया, कुंठा ने अपने जबड़ों के बीच मुझे दबा लिया है। यह चेहरा मेरा चेहरा नहीं था, जिसे विनीता कभी प्यार करती थी। जैसे यह किसी दुश्मन की शक्ल थी–मेरे हृदय में जुगुप्सा पैदा करनेवाली। पर हकीकत यह कि यह मेरा ही चेहरा था–मेरी नजर में गिरा हुआ। विनीता गौर से इस चेहरे को देखेगी तो क्या सोचेगी? या तो बहुत दुखी होगी या बहुत सुखी होगी। यह सोचते ही मैं अपने चेहरे को लेकर एक तीव्र प्रतिहिंसा से भर उठा और उसे एकटक देखने लगा। आत्मविश्वास की असंख्य प्रखर किरणें मुझमें प्रवेश कर रही थीं–तीखी और तेज। यह अद्‌भुत रसमय मुठभेड़ थी। मैं आइने के चेहरे से गुत्थमगुत्था था। पूरी तरह से ध्वस्त करने के मँसूबे से ठसाठस भरा हुआ। मार देने या मर जाने के जज्बे से लैस। आखिरकार खेल खत्म हुआ। आइने का चेहरा इस मुठभेड़ में खेत रहा। अब मेरे सम्मुख मेरा अपना चेहरा था–सुन्दर और दिलचस्प। विनीता इसे देखकर खुश होगी–बहुत खुश।

आइना रख दिया और पास रखी टूटे हत्थे वाली कुर्सी पर बैठ

गया। अब मेरी हथेलियाँ मेरे चेहरे पर थीं–हथेलियाँ चेहरे पर फिरने लगीं। यकायक जैसे उँगलियों ने कान में मंत्र फूँका, "तुम प्रेम करते थे इसलिए सुन्दर थे। अब फिर प्रेम करने लगे हो, इसलिए सुन्दर हो गए हो।"

मैं मुस्कराया, "तो क्या मैं विनीता से अब भी प्यार करता हूँ?"

"और नहीं तो क्या यार?" मैंने जवाब दिया।

"मगर उसकी शादी हो चुकी है?" मैंने पूछा।

"मैं किसी भी शादी-फादी को नहीं जानता।" मैंने बताया।

"मान लो विनीता तुम्हें प्यार न करे?"

"करने लगेगी। करने लगेगी। आज नहीं तो कल।" मैंने मस्ती में कहा। मैं सूफियाना मस्ती में था। ऐसा आज कई वर्षों बाद हुआ था। आज मैं शताब्दियों से जागने के बाद छककर सोया था। आज मैं शताब्दियों की निद्रा के बाद जागा था। मैं गुनगुनाने लगा। मैं मुस्कराया, अरे आज तो मैं गुनगुना रहा हूँ।

मैंने अपने सबसे अच्छे कपड़े जो वाकई में खराब थे पहने। कंघी की और बाहर आ गया। दरवाजे में ताला डालकर हाथ से दबा दिया, वह बन्द हो गया। मेरा यह ताला हाथ से खींच देने पर खुलता और दबा देने पर बन्द हो जाता।

मैं सड़क पर था। सबसे पहले अपनी जेब देखी और फिर एक राह चलते आदमी से समय पूछा। जेब में आठ रुपए थे और वक्त था छह। मैंने पाया कि अभी समय है और पैदल भी विनीता के घर पहुँचा जा सकता है। रिक्शा में तीन-चार रुपए लगाना फिजूलखर्ची है।

मैं तेज-तेज कदमों से चलने लगा। हवा बह रही थी। मौसम मोहक और स्फूर्तिदायक था। अगर शाम को हवा चले, तो गर्मी में दिन जितना सड़ा होता है, शाम उतनी ही खुशनुमा। गर्मी की हवायुक्त शाम आदमी को रोमांटिक बनाती है।

मैं पूरी तरह रोमांटिक तो नहीं था किन्तु गुनगुना-सा रोमांस था मेरे अन्दर, इस बात से इनकार नहीं कर सकता। गुनगुना-सा रोमाँस इसलिए कि विनीता से अब वैसे किसी सम्बन्ध की कोई सम्भावना

नहीं थी और न मेरी इच्छा ही थी ऐसी कुछ। अगर कुछ था तो पहले के तपते हुए गर्म और ऊर्जामयी प्यार की स्मृति। जिसमें घटित होने का उबाल नहीं, संस्मरणों की गुनगुनाहट थी। बस इतना ही इस वक्त मैं रोमांटिक था।

और तभी एक बहुत दिलचस्प बात होती है, मेरी मन की आँखों के सम्मुख माँ और पिताजी उपस्थित हो जाते हैं। वाकई मैं उनके वात्सल्य की जलधार में नहा उठा। यह जल किसी तीर्थस्थल का कोई कुंड था जैसे। उसमें डूबकर बाहर आते ही मेरे जनम-जनम के मैल कट गए। तपते हुए भूखंड पर ढेरों बादल बरसे थे। पेड़ों की तरह भीगकर मैं हरा और ताजा हो गया था। मैं धरती पर दूर-दूर तक फैला जल था जिसमें कहीं बच्चे कागज की नावें चला रहे थे। कहीं मल्लाह मल्हार गा रहे थे। युवक मछलियाँ मार रहे थे। स्त्रियाँ बर्तन मल रही थीं। मेरे भीतर जलचर उल्लासमय थे और बाहर जड़ई के हरे-हरे पौधे मुस्कराहट उड़ेल रहे थे।

मैंने विनय पद कहा, ''माँ और पिताजी, मैं तुम्हारी संतान हूँ। मुझे क्षमा करें आप–मैं आपसे विमुख हुआ। मुझे क्षमा करें आप–मैंने आपको कष्ट पहुँचाए। मैं आपकी संतान हूँ–मैं आपके पास आऊँगा। मैं आपके पास आऊँगा और चरणों में फूट-फूटकर प्रायश्चित्त करूँगा।''

मेरे दिल-दिमाग पर अवसाद की ओस गिरने लगी। हलकी-सी कँपकँपाहट हुई और रोम-रोम करुणा से भीग गया। माँ और पिताजी का जीवन, समस्याओं की चक्की में पिस गया। इस देश में पैदा होकर और इतने वर्ष व्यतीत करने के बाद भी उन्होंने न यहाँ का भूगोल देखा न इतिहास जाना।

''मैं तुम्हारे दुख हरूँगा। मैं तुम लोगों का सुख से नाता जोड़ूँगा।'' मैंने कहा और भीतर-ही-भीतर सुबकने लगा।

विनीता का घर थोड़ी दूरी पर होगा, मुझमें निहित विश्वास की भूमि काँपने लगी। हिलने लगी। जोर-जोर से हिलने लगी। भूकंप की चपेट में आ गया सब कुछ। सद्यः निर्मित मेरे स्वप्नों–मेरी अभिलाषाओं–के भवन और मेरी उमंगों–मेरे मनोवेगों के पेड़-पौधे–सब भड़भड़ाकर

गिरने लगे। मेरे भीतर की सृष्टि के अवकाश में विकृत टुकड़े उड़ रहे थे। मेरे भीतर की सृष्टि का अवकाश विकृत टुकड़ों से भरा हुआ था।

थोड़े वक्त बाद जब सब शान्त हुआ तो पाया, मैं पसीने में नहाया हूँ। मुझे लगा, मेरे जबड़े, मेरी आँखें, मेरे दाँत, मेरा समूचा चेहरा ऐंठने लगा है। कुंठा के जल की एक अतुल मोटी धार मेरे व्यक्तित्व के पात्र में गिर रही थी और समूचा चेहरा ऐंठ रहा था। ऐसा महसूस हुआ, जैसे चेहरे का एक-एक हिस्सा टेढ़ा होता जा रहा है। मैंने पाया मैं बेहद कुरूप हो गया हूँ। कुरूपता की अनुभूति से मैं खौफजदा हो गया। मैंने देखा, मेरी हथेलियाँ गीली हैं। इन हथेलियों में पसीना उगा था? या मैंने इनसे चेहरे के पसीने को पोंछा था? या ये मेरे आँसू थे? मुझे कुछ नहीं पता था। थकान का अँधेरा मुझे घेर रहा था। थकान के अँधेरे में घिरा हुआ मैं अपने को ढूँढ नहीं पा रहा था।

सामने पार्क था। धीरे-धीरे मैं उसकी तरफ चलने लगा। मैं इस तरह बढ़ रहा था जैसे मैं लौट रहा था। वहाँ जाकर एक बेंच पर बैठ गया। पार्क अपनी शाम के कलरव के साथ था। बच्चे मगन थे, बूढ़े दूसरों में मशगूल और युवा अपनी मस्ती में डूबे हुए। ये सब वहाँ थे क्योंकि इनके चेहरों पर सक्रियता थी। मैं वहाँ नहीं था क्योंकि मेरा चेहरा जड़ और पथराया था। आखिर ऐसा बार-बार क्यों होता है? क्यों खुशी और उल्लास के माहौल में मेरी मौजूदगी क्षुद्र नगण्यता में बदल जाती है?

क्या मैं लोगों से कटा हूँ? या लोग मुझसे कटे हैं? मैं लोगों से क्यों कटा हूँ? लोग मुझसे क्यों कटे हैं? दोनों का उत्तर एक है। सवाल अलग-अलग हैं मगर जवाब एक है।

मुझे इस वाक्य पर एक पैरोडी सूझ गई। पार्क के फूलों, वृक्षों और मनुष्यों के रंगों का असर था शायद, मुझे पैरोडी सूझ गई और मैं मुस्कराया—सवाल अलग-अलग हैं मगर जवाब एक है। रूप अलग-अलग हैं मगर ईश्वर एक है। मैं इतना मुस्कराया कि लगभग हँस पड़ा।

मेरे सामन एक नन्हीं-सी बच्ची धरती पर अपने पैरों को तौलती हुई चल रही थी, उसने समझा, मैं उसकी चाल पर मुस्कराया या

लगभग हँसा हूँ। वह खुश होकर किलकारी मारने लगी। वह नन्हीं-सी बच्ची मेरी तरफ बढ़ी आ रही थी। बच्ची मुझसे गज-भर के फासले पर ठिठक गई और आँखों में मुस्कराहट भर कर मुझे देखने लगी। उसकी आँखों में जीवन का इतना कौतुक था कि मैं अपने को रोक न सका और आगे बढ़कर उसके पास आ गया। वह तोतली जुबान में बोली, ''आप अंकल जी हैं न?''

मैंने दुलार से उसके सिर में हथेलियाँ डालकर बालों को बिखरा दिया, ''हाँ बेटी मैं अंकल हूँ।''

मैंने उसे गोद में उठा लिया और प्यार करने में डूब गया। काफी देर बाद मुझे सिर पर कुछ मँडराता-सा लगा। देखा एक आधुनिक दम्पति खड़े थे और मुझे वितृष्णा से देख रहे थे। बच्ची की कलाइयों पर मेरे हाथों की पकड़ ढीली हो गई। वह भी सहम गई थी। माँ ने उसे डाँटा, ''मुझे बेइज्जत करने के लिए यहाँ क्यों आ गई?'' पिता उसे घसीटने लगा।

वे चले जा रहे थे और मुझे महसूस हुआ मैं बूढ़ा हो गया हूँ। मेरे माँ-पिता बूढ़े हो गए हैं। एक दिन वे मर जाएँगे। एक दिन मैं मर जाऊँगा। मैं मर जाऊँगा और यह मेरा देखा हुआ–जाना हुआ–और स्मृति में सोता-जागता हुआ–आँखों के सामने खेलता हुआ संसार खत्म हो जाएगा। मृत्यु के नाम पर कँपकँपी आ जाती है। उसकी कौंध मेरे वर्तमान को कुचल देती है। मेरी उमंगों की धड़कने थक जाती हैं। जैसे अहेरी का आखेट होने से बचने के लिए भागता कोई पशु थक जाए और डर से ही दम तोड़ दे। सचमुच मृत्यु से मैं डरता हूँ। वह मुझे भयानक लगती है। उसके डर से जीते-जी मेरी जिन्दगी थक जाती है। साँसे उखड़ जाती हैं। मुझे लगता है कि इस जीवन का–इस संसार का सब कुछ कितना निरर्थक है, लेकिन यही वह क्षण भी होता है जिसमें सब कुछ की सार्थकता की रोशनी चमकती है। सार्थक इस मायने में कि मुझमें इन्हें अपने पास समेटे रहने की घनघोर तृष्णा बहती रहती है। मैं खाना नहीं चाहता कुछ। मैं इन्हें प्राप्त करना चाहता हूँ। मैं मृत्यु से डरता हूँ।

मैं दहल जाता हूँ, जब सोचता हूँ, एक दिन माँ-पिता मर जाएँगे। अब तक का ढाँचा छिन्न-भिन्न हो जाएगा। पर मुझे यह खयाल अधिक दहलाता है कि यदि पिता पहले मर गए तो माँ कैसे जिएगी? यदि माँ पहले मरी तो पिता का क्या होगा? पिता का क्रोध और माँ की शान्ति परस्पर विपरीत चीजें हैं, पर इन विपरीत चीजों के मेल से माँ-पिता की जोड़ी एक अपरिमित सौन्दर्य की सृष्टि करती है और यदि पिता पहले मर गए तो...या माँ पहले मर गई तो?

दोनों की ही मृत्यु का विचार आने पर मुझमें पश्चात्ताप प्रवाहित होने लगता है। दोनों इस देश में पैदा हुए और–इस देश को छोड़ दिया जाए–अपने सूबे को भी देख नहीं सके। उन्होंने कोई बड़ा शहर नहीं देखा, पहाड़ नहीं देखा, अच्छे होटल में कभी खाना नहीं खाया। तेज रफ्तार वाली गाड़ी पर नहीं बैठे। नए फैशन वाले युवक-युवती नहीं देखे। कल-कारखाने नहीं देखे। काफी नहीं पी। झरने में नहाए नहीं। नाव में सैर नहीं की...। वे बिना कुछ देखे, बिना कुछ महसूस किए मृत्यु के घर चले जाएँगे। और मैं उनका बेटा–जवान बेटा उनके जीवन की समतल जमीन पर आनन्द की एक नन्हीं लकीर भी नहीं खींच सका।

मैंने जमीन की तरह देखा, एक क्रिकेट की गेंद लुढ़कती हुई चली जा रही थी। अब जाकर मेरी तन्द्रा टूटी। आस-पास दूसरे चेहरे दिख रहे थे। बच्ची और मुझे बेइज्जत करनेवाले उसके मम्मी-पापा जा चुके थे। वैसे कौन ठीक, किसी कोने में या किसी वृक्ष की छाँह में आइसक्रीम खा रहे हों या चुरमुरा टूँग रहे हों।

रोगी अथवा वृद्ध की तरह घुटनों पर हाथ रखकर मैं खड़ा हुआ– "कमरे से निकला था जीवन के पास–विनीता के घर जाने के लिए और फँस गया मृत्यु चिन्तन में। मृत्यु की शक्ल मुझे ऐसी लगती है जैसे दो डरावने जबड़े हों।"

मैं सड़क पर चल रहा था लेकिन पार्क में जाने के पहले की तरह मुझमें निहित विश्वास की भूमि जोर-जोर से हिल नहीं रही थी। मैं अब हीनता से भरा भी नहीं था और न पसीने से नहाया था...।

ऐसा नहीं कि मुझमें उत्साह, उमंग और खुशी का कोई जोर-शोर

था। बस, जैसा कि हमेशा मृत्यु के विचार से टकराने के बाद होता है— मैं मंथर, उदास, निर्लिप्त और मजबूत था। दुख और सुख के मनोवेगों से सुरक्षित—मृत्यु के चिन्तन के बाद—मैं एक विराट व्यक्तित्व बन गया था। ऐसे क्षणों में हर बार मैं बहुत ऊँचा हो जाता हूँ। इस वक्त भी सभी कुछ—अपने को छोड़कर—साधारण लग रहा था। ऐसा लग रहा था—मैं पूरे ब्रह्मांड का पिता हूँ।

चैथम लाइंस—36। कुछ घरों के बाद विनीता का घर होगा। मैं काँपने लगा। डर या कुंठा से नहीं—क्रोध से। मैं क्रोध से काँप रहा था। मुट्ठियाँ भिंची हुई थीं। वह दिन याद आया जब विनीता विदा हो रही थी और मेरी आँखों में पानी था। उसकी कार के जाते ही मैं सँभाल नहीं सका। दौड़कर गली में आया और फूट-फूट कर रोने लगा। फूट-फूट कर रो रहा था। एक गुब्बारे बेचने वाला रुककर एकटक मुझे देख रहा था।

मैं लौट पड़ा। मैं विनीता के घर की विपरीत दिशा में लौट रहा था और सन्तुष्ट था। धीरे-धीरे सन्तुलित चाल चल रहा था और मेरे हृदय में भी सन्तुलन था। इतना आत्मविश्वास आ गया कि खिलवाड़ की सूझी। सोचा कि विचारों में विनीता को सम्मुख कर अपने रवैये पर हँसूँ और उस पर भी हँसूँ। मैंने ऐसा करने की कोशिश की। पर अजीब बात थी वह समूची और स्पष्ट नहीं हाजिर हो रही थी। फिसल-फिसल जाती थी। मैं एक-एक चीज आँख-नाक-कान जोड़ता कि कोई अंग अदृश्य हो जाता। मैं झुँझला उठा। तेजी से झुँझलाया कि अचानक उसका चेहरा मूर्त हो गया। ऐसा होना था कि अन्दर ना मालूम कैसी रासायनिक क्रिया हुई, मैं भभक उठा। उसके प्रति घृणा उफनने लगी। मन हुआ चलकर उसका गला घोंट दूँ, पर नहीं उसकी हत्या की तुलना में उसका अपमान कहीं ज्यादा आह्लादकारी होगा।

महसूस हुआ, मेरी आँखें चमकने लगी हैं। सूरत ऊदबिलाव जैसी हो गई होगी, जो कब्र तक को फोड़कर लाश खींच लेता है। एक पैशाचिक खुशी से भर उठा। मेरी मुट्ठियाँ खुलने बन्द होने लगीं। पलकें झपकनें लगीं। दाँत भिंचने लगे। भीतर जैसे कोई जानवर

चौकड़ी भर रहा था...।

मैंने पाया कि मैं विनीता के घर के बाहर लगा गेट खोल रहा हूँ। गेट के बाद छोटा-सा लॉन था। उसके बाद बरामदा। बरामदे में बेंत की कुर्सियाँ थीं। मैं कॉलबेल दबा रहा था। सोच रहा था कि अभी विनीता दरवाजा खोलेगी तो मैं उस पर घृणा का अमोघ अस्त्र फेंकूँगा। मैं अभी भी कॉलबेल दबा रहा था...

6

मैं देर तक कॉलबेल बजाता रहा था। आखिर दरवाजा खड़का और फिर खुला। सामने कम उम्र का एक नौकर दोनों हाथ फैलाकर दरवाजे को पकड़े हुए था। उसने मुझे ऐसे देखा गोया मैं कोई निस्सहाय हूँ। उसकी आँखों में थोड़ी गुस्सा मिली हुई झुँझलाहट भी थी जो शायद मेरे देर तक कॉलबेल बजाने के कारण पैदा हुई थी।

उसने कहा, "साहब नहीं हैं।"

"मेमसाहब हैं?"

उसने कुछ कहा नहीं, दरवाजा भेड़कर चला गया।

शायद बुलाने गया है। सोचकर मैं पास रखी कुर्सी पर बैठ गया। पसीने से तर था। ऊपर देखा, पंखा लगा था जो कि स्थिर था। मैंने चालू कर दिया। थोड़ी हवा चली तो महसूस हुआ, अभी थोड़ी देर पहले मैं बुरी तरह अपमानित हुआ हूँ।

दरवाजा चरमराया। मैं हड़बड़ाकर खड़ा हो गया। इस बार भी नौकर ही था। उसने पूछा, "क्या नाम है?"

मैंने अपना नाम बतला दिया। सुनकर नौकर चला गया। दरवाजा इस बार भी भेड़ दिया गया था। अब मैं कुर्सी पर न बैठकर दरवाजे के सामने ही खड़ा था। इस ख्वाहिश के साथ–विनीता आएगी और अकेली होगी, तो मैं उसे चूम लूँगा।

मैं अचम्भे से भरा हुआ था। विनीता के लिए मेरी घृणा जाने कहाँ फरार हो गई थी। मेरा गुस्सा और अपकर्षण हिरन हो गए थे। विनीता के राग ने उन्हें खदेड़ दिया था।

हमें सपने में बहुत बार असाधारण दिखता है पर जब जागते हुए हमें किसी असाधारण के घटित होने का इन्तजार हो और उपस्थित हो जाए, बहुत मामूली, तो वह सपना-सा लगने लगता है। कहाँ मैंने विनीता के आगमन को लेकर कैसा-कैसा ताना-बाना बुना था और कहाँ वह एकदम अनौपचारिक भाव से आई और बोली, ''चलो, भीतर चलो।''

उसकी इस सहजता ने मुझमें चिढ़ पैदा कर दी। खदेड़ दिए गए मेरे गुस्सा और अपकर्षण नामक सैनिक वापस आ रहे थे शायद। मैंने मन-ही-मन कहा, मेरे आने की बात नौकर ने बतला दी थी, इसीलिए सँभली हुई है।

''फैन चला दूँ या कूलर?''

अपनी रईसी के ठाठ दिखा रही है। दबूँगा नहीं आज। मैंने कहा, ''दोनों चला दो।''

उसने दोनों चला दिए। बैठकर मुझसे मुखातिब हो गई। पंखा और कूलर की हवा से उसके बाल उड़ रहे थे। उसके दोनों हाथ उसकी गोद में थे। मैं अपने एक पैर को दूसरे पैर पर चढ़ाए हुए बैठा था। उसने खामोशी खत्म करने के लिए ही कहा, ''क्या लोगे? ठंडा या गर्म?''

''पहले ठंडा पिला दो फिर गर्म। और हाँ कुछ खाने को भी ले आओ।''

उसने चौंककर देखा। शायद मेरी बेतकल्लुफी में कुछ विचित्रता थी। उसने थोड़ी देर नाखून की पालिश खुरचने के बाद नौकर को आवाज दे दी। पर पता नहीं उसके मन में क्या आया कि नौकर आए, इसके पहले खुद ही उठकर चली गई। मैं गर्व से फूल उठा, बड़ी चली थी सहज होने का नाटक करने। अब आ गई जमीन पर।

बेशक मेरे रवैये से वह थोड़ी व्यग्र और परेशान थी। वह लौट रही

थी नौकर को शरबत वगैरह लाने का निर्देश देकर। क्योंकि कुछ देर बाद नौकर ट्रे लेकर पहुँचा।

मैं मुस्कराया, गोया महत्त्वपूर्ण विजय हासिल हुई हो। कुटिलता के साथ नमकीन खाने के बाद शरबत पी चुका।

बाद में हैरत हुई थी कि उसके यहाँ उस वक्त कैसे इतना टुच्चा और नीच हो गया था।

नौकर आकर खाली गिलास और प्लेट ले गया। अब फिर हमारे बीच चुप्पी की समस्या मौजूद हो गई थी। चुप्पी धुआँ-सा उगल रही थी।

पहल उसने की। कहा—"उस दिन जब मिले थे, अनायास तुम्हारा मूड उखड़ गया था।"

"मेरा मूड, इस समय भी वैसे ही है।"

"यानी कि खराब।" वह बात को टालने की गर्ज से हँस दी।

"यह तो अपने समझने की बात है।"

उसके मत्थे पर सिलवटें पड़ गई और चेहरे पर हँसी का प्रयत्न उभर आया।

वह बेचैन-सी हो गई। किसी तरह सन्तुलित होने के बाद बोली, "और क्या हाल-चाल हैं?"

मैंने उसके मान को एकदम से कुचल देना चाहा, मैं चुप लगा गया।

"तुमने जवाब नहीं दिया!"

"निरर्थक सवालों का जवाब देने का कोई तुक नहीं। 'क्या हाल-चाल हैं' एक बेमतलब और बेढंगा सवाल है।"

वह खिसिया गई। मैं खुश हुआ।

मैंने निर्णय किया, अब इसको एकदम से कुचल देना चाहिए।

"घर तो काफी बढ़िया सजा रखा है।"

"हूँ।"

कमरे में बेशकीमती सामान थे। वे मुझे घेर रहे थे। मैंने पाया कि अपनी समस्त उद्दंडता के बावजूद मैं सोफा पर बहुत छोटे-से टुकड़े में

सिकुड़ा हुआ बैठा हूँ। 'ओह ये बात है तो अभी लो।' मैंने मन-ही-मन सोचा और मेज पर टाँगे रखकर सोफा में फैल गया, "सामान तो बहुत जुटा रखा है। लगता है, एस.डी.एम. साहब ने काफी रकम पैदा की है।" बोलते समय मेरे होंठ व्यंग्य से टेढ़े हो गए थे।

विनीता को शायद थोड़ा गुस्सा आया था, क्योंकि वह अपने को सँभाल रही थी। मैंने प्रहार को और फैलाया, "रकम पैदा की तो पैदा की, लेकिन इन सामानों से सुरुचि नहीं टपकती।"

"और आपके तो एक-एक रोम से–आपकी एक-एक बात से–सुरुचि टपक रही है। आपने तो सारे संसार की सुरुचि का ठेका ले रखा है।" वह खड़ी हो गई।

"मैं समझता हूँ, तुम्हें मेरी रकम काटनेवाली बात लग गई है।" मैं भी उठ गया।

"वही सही। पर मैं पूछती हूँ, जिस आदमी को तुमने देखा तक नहीं है, उसके बारे में बात करने से क्या फायदा?"

"संसार की जितनी चीजों पर हम बात करते हैं, क्या उन सबको हम देखे हुए होते हैं?"

"तुम कुतर्क कर रहे हो।"

"धन्यवाद।" मैं तमतमा कर खड़ा हो गया, "तुमने मुझे अपने घर पर मेरा अपमान करने के लिए बुलाया था?"

"बिलकुल नहीं, पर मैंने इसलिए भी नहीं बुलाया था कि यहाँ आकर तुम मेरा अपमान करो।"

"तो तुम अपने को बहुत ज्यादा अपमानित महसूस कर रही हो?"

"तो?"

मैं हँस पड़ा। मैं खुश हो गया था–उसे चोट खाया देखकर।

"तुम हँस क्यों रहे हो?" वह चिढ़ गई।

"क्या जरूरी है मैं तुम्हारे इस सवाल का जवाब दूँ?"

"क्या यह जरूरी है तुम मेरी बात पर हँसो?"

"मैं तो हँसूँगा।"

"मैं...मैं भी सवाल करूँगी।"

"मैं सवालों का जवाब न दूँगा।"

हमने पाया हम बच्चों की तरह लड़ रहे हैं और हम मुस्करा उठे।

"तुम मुस्करा क्यों रही हो?"

"तुम क्यों मुस्करा रहे हो?"

हम हँस पड़े और बैठ गए। बैठते ही मुझे लगा, बहुत बड़ी गलती हो गई। सब कुछ अच्छी तरह व्यतीत हुआ था। मैं उसे अपमानित करके यह साबित कर चुका था, उसकी परवाह नहीं करता। शादी के वक्त वह जीती थी, आज मैं जीता था। मैं चूँकि बाद में जीता था इसलिए विजयी मैं था और मुझे खिसक लेना चाहिए था उसे आहत, अपमानित और फुँफकारते हुए छोड़कर। पर मैं मुस्कराया क्यों? पर मैं हँसा क्यों? मुझे अपने ऊपर क्रोध उफन आया। झुँझला उठा, इतना अच्छा मौका था और गँवा दिया।

"तुम चुप क्यों हो?" उसने पूछा।

मुझे लगा, एक पारी और खेली जा सकती है। मैंने घृणा से कहा, "तुमने मेरे साथ धोखा किया था।" मैं चौंक पड़ा, सारा खेल बिगड़ गया। ओह आज का सारा किया-धरा नष्ट हो गया। धोखा की बात कहकर मैंने सिद्ध किया, उसको खोकर बेहद दुखी हूँ। इसका मतलब अभी तक जो इस कमरे में गुजरा था, वह मेरा गुस्सा नहीं था–मेरा दुख था। मेरी घृणा हकीकत में मेरा प्यार थी। 'अब मैं क्या करूँ?' मैं सोचने लगा।

"देखो।" उसने कहना शुरू किया। वह व्यग्र थी शायद, इसलिए रुक-रुककर धीरे-धीरे बोल रही थी, "ऐसा है कि, इतने दिनों के बाद क्या हम झगड़ा करने के लिए इकट्ठा हुए हैं?"

"हाँ, यही समझ लो।"

"तुम मेरे सामने इतनी अकड़ दिखा रहे हो, क्या मेरे पति के सामने भी ऐसे अकड़ सकते हो?"

"मुझे धमका रही हो?"

"यही समझ लो।"

"मैं उसे उठाकर बाहर फेंक सकता हूँ।"

"ऐसा करना तो मुश्किल है; क्योंकि यह उनका घर है और तुम कुछ खास स्वस्थ भी नहीं हो। हाँ अगर हिम्मत है तो उसके सामने कहो कि तुम मेरी शादी के पहले मुझसे प्रेम करते थे।"

मैं चौंक गया। पहले तो लगा, यह कोई नया पैंतरा है, मगर उसकी आवाज सन्नाटा–ठंडापन और मजबूती–मैं विवश था अपने इरादे बदलने के लिए। मेरे मुँह से बस इतना निकला, "ये तुम क्या कह रही हो?"

उसने मुझे देखा और सिसकने लगी–धीरे-धीरे।

"ये क्या करने लगीं! अरे...अरे..."

वह जोर-जोर से सिसकने लगी। उसका गोरा चेहरा लाल होने लगा। आँसू बहने लगे। मेरे भीतर बहुत वेग से कुछ पिघल रहा था। मुझे अनुभव हुआ जैसे मेरा इधर का समय पिघल रहा है। मेरी मुफलिसी और कुंठाओं का समय पिघल कर किसी तलहटी में सूख रहा है–मैं पहले का–विनीता को प्यार करनेवाले दिनों का–युवक होता जा रहा हूँ। मैं सोफा से उठकर उसके पास आ गया और उसके पैरों के पास की जमीन पर बैठ गया, "तुम रो क्यों रही हो?...तुम रो क्यों रही हो?" थोड़ी देर बाद मैंने फिर दुहराया।

"मेरा पति बहुत बुरा आदमी है। वह बुरा इसलिए लगता है कि मैंने तुम्हारे और तुम्हारे दोस्तों जैसे अच्छे आदमी देखे थे।" किसी तरह वह इतनी बात कह पाई कि फफक पड़ी, "वह बहुत बुरा आदमी है। मैं उससे नफरत करती हूँ।"

"लेकिन तुम रो क्यों रही हो?"

"क्योंकि तुम भी आज बुरे आदमी दिखे।" वह चुप हो गई, "तुम आज जंगली और घटिया लग रहे थे।"

मैं सुनने की मुद्रा में था। उसके आँसू सूखने लगे थे।

"शादी के बाद जब मैं कुछ दिन यहाँ रह चुकी यानी कि जब मैंने तुम्हें पूरी तरह खो दिया तो..."

"तो?"

"तो फिर मैं तुम्हें और ज्यादा प्यार करने लगी। सच यह होगा, पहली बार प्यार करने लगी। क्योंकि मैंने जाना...

"क्या?"

"कि तुम कितने अच्छे हो। मेरा पति बहुत खराब आदमी है... ।" वह फिर सिसकने लगी, "लेकिन तुम क्यों इतने खराब हो गए? तुम इतने नीच और क्रूर हो गए?"

"क्योंकि..." मैं सुन्न-सा होने लगा। सब कुछ जैसे ठंड से जम गया हो। मेरे मुँह से निकला, "क्योंकि मैं बेरोजगार हूँ। सिर्फ एक वजह—क्योंकि मैं बेरोजगार हूँ।"

मैं चुप हो गया। वह भी चुप थी। थोड़ी देर चुप छाया रहा। मैंने पाया कि इस बीच जाने कैसे मेरी हथेली उसकी हथेलियों में पहुँच गई। मेरे चेहरे पर कोई कातरता तो नहीं—संदेह हुआ। क्योंकि हथेलियाँ दो ही स्थितियों में हथेलियों को पकड़ती हैं या तो कोई प्यार दे या सहानुभूति दे। विनीता मुझे क्या दे रही है? "प्यार" मेरे मुँह से निकल गया और मैं उसे देखने लगा।

"क्या कहा तुमने?"

"मैंने कहा कि अब भी मैं तुम्हें प्यार करता हूँ। मैं यह स्वीकार करके आया था कि मैं तुम्हें कभी भूल नहीं सकता। हमेशा प्यार करता रहा हूँ।"

"तो तुम यहाँ आकर जो सब कुछ कर रहे थे, वह प्यार था।" वह हँस दी।

"सच कहूँ तो प्यार था। मैं तुम्हें प्यार न करता, तो ऐसा कभी न करता।"

कॉलबेल की चिड़िया कूक उठी। वह उठते हुए बोली, "पर अब क्या किया जा सकता है। तुम तो आजाद हो, पर मेरी शादी...मैं समझती हूँ, हमें दोस्त रहना चाहिए।"

मैं भड़क गया, "एक मिनट बैठ जाओ और कान खोलकर सुन लो। मैंने कब कहा कि मैं तुम्हें भोगना चाहता हूँ? औरतों की यही नौटंकी हमेशा खराब होती है। रुको-रुको—एक मिनट। मुझे कह लेने

दो। मैं जा रहा हूँ और आज की तारीख से तुम्हारी शक्ल नहीं देखना चाहूँगा। तुम स्त्रियाँ खत्म हो जाओगी पर बदलोगी नहीं।''

''ये बताओ यह मुझ पर तुम्हारा गुस्सा है या मेरे खाविन्द के प्रति घृणा? अयँ?''

मैं चक्कर में पड़ गया और सोचने लगा। तभी कोयल फिर कूकी और वह दरवाजा खोलने पहुँच गई। नौकर था। विनीता ने उसे काफी सामान खरीदने के लिए भेज दिया था। तभी तो उसने देर की और हम आराम से झगड़ते रहे।

दरवाजा बन्द कर वह फिर आकर सोफा पर आराम से बैठ गई, ''अच्छा, और युनिवर्सिटी के दोस्तों के क्या हाल-चाल हैं?'' बातचीत में प्रसंग के इस बदलाव के पीछे नौकर की उपस्थिति थी, पर साथ ही अपने पुराने दोस्तों के बारे में जानने की सच्ची चाहत भी थी।

नौकर का अच्छा अस्त्र मिल गया है इसे—मैंने सोचा।

''बता नहीं रहे हो तुम। मेरी सहेलियों के बारे में नहीं, तो कम-से-कम अपने दोस्तों के बारे में बताओ? तुम और तुम्हारे दोस्त तो ऐसे थे जो सभी के थे। हम सब तुम लोगों को जानते और मानते थे।''

मुझे लगा, बोलना ही पड़ेगा। मैंने बताया, ''मैं कुछ खास बता नहीं सकता।''

''अच्छा तुम पहले हमेशा हँसते रहते थे। खूब तेज ठहाके। पर अब इतने कटखने क्यों हो गए हो?''

''क्योंकि अब मैं बेरोजगार हूँ।''

''पर तुम लोगों को नौकरी मिली क्यों नहीं, जबकि तुम लोगों से अच्छे-अच्छे टीचर तक हड़कते थे। मेरी समझ में नहीं आता, क्यों नहीं मिली?''

''इस बात का जवाब अपने पतिदेव से पूछना कि उनके पास कौन-सी अक्ल थी और फिर जान लेना कि हमारे पास वह नहीं थी। बस। अब तो समझ गई होगी।'' अपनी बेरोजगारी पर पूछा गया सवाल मुझे कभी भी अच्छा नहीं लगा।

इतने में कॉलबेल की कोयल जोर से कूकी।

"वह आ गए हैं।" कॉलबेल की आवाज से उसने पति के आगमन को पहचान लिया–यह अच्छा नहीं लगा मुझे।

वह उठी। मैंने देखा उसकी आँखें मत्थे की लकीरों के साथ थोड़ी सिकुड़ गई हैं।

दरवाजा खुला और वह नमूदार हुआ। मैं बैठा रहा, जब तक परिचय नहीं, तब तक कोई प्रतिक्रिया क्यों?"

उसकी दाढ़ी मूँछ सफाचट थी। टाई लगाए था। और हाथ में ब्रीफकेस लिए था। वह इकहरे बदन का टिपटाप युवक था।

शायद उसने मुझे काम कराने के लिए आया हुआ नागरिक समझा या अपने गाँव का बाशिन्दा–पता नहीं क्या बात थी कि मुझे उपेक्षित करता हुआ भीतर जाने लगा कि विनीता ने परिचय कराया, "इनसे मिलिए। ये बहुत अच्छे लेखक हैं। युनिवर्सिटी में मुझसे एक साल सीनियर थे। एक दिन एकाएक सड़क पर मुलाकात हो गई।"

"मैं सुरेन्द्र। बड़ी खुशी हुई आपसे मिलकर।" उसने मुझसे हाथ मिलाया। फिर आगे कहना शुरू किया, "आपके बारे में सुना है। कुछेक पत्रिकाओं में आपकी रचनाएँ देखी भी हैं। सचमुच बहुत खुशी हुई आपसे मिलकर। आज से आप विनीता के ही नहीं मेरे भी दोस्त हुए।"

मुझे वह अच्छा आदमी लगा। मैंने कहा, "दोस्ती में आप मुझे कमजोर नहीं पाएँगे।"

वह हँसा–उन्मुक्त हँसी। मैं सोचने लगा विनीता कितना गलत कहती थी यह खराब आदमी है। शायद उसने मुझे खुश करने के लिए–मुझमें आत्मविश्वास पैदा करने के लिए कहा हो।

"भई विनीता! इनके लिए कुछ खाने-पीने के लिए लाओ। मुझे भी भूख लगी है। और हाँ, देखो कैसा इत्तिफाक है कि आज मेरा उत्साह तुम्हारे युनिवर्सिटी के दोस्त की वजह से है और मेरी परेशानी भी तुम्हारी युनिवर्सिटी में ही पढ़ा एक लड़का रहा।"

"कौन?" मैंने ऐसे ही पूछा।

"आप ही लोगों के इर्द-गिर्द उसका भी बैच रहा होगा। राघव नाम है उसका।"

"राघव?" मैं हड़बड़ा-सा गया, "घने-घने बाल, साँवला रंग, कड़ी आवाज और लम्बा-सा न?"

"हाँ, बस घने बाल नहीं हैं। शायद झड़ गए हों। जाति उसकी मिश्र है।"

"हाँ वही! क्या हुआ है?" मैं थोड़ा संयत हो गया। सोचा, इतना उतावलापन ठीक नहीं।

"अरे साहब! आज ही की बात नहीं, रोज-रोज का लफड़ा है। परेशान कर रखा है। वहाँ के एम.एल.ए., एम.पी. साले मुझे कोसते हैं और भी बड़े लोग खफा हैं।"

"इतने पावरफुल लोग उसका कुछ बिगाड़ नहीं पाते? पुलिस, प्रशासन, रूलिंग पार्टी सब उसके खिलाफ, फिर वह कैसे काम कर लेता है?" यह विनीता थी। मुझे बहुत भाया उसका यह प्रश्न।

उसने मुस्कराकर कहा, "तुम नाश्ता नहीं दोगी? भूखा रखने का इरादा है क्या भाई?" विनीता भीतर चली गई। अब वह विनीता के सवाल का जवाब मुझे देने लगा।

"अरे भाई, कितने अटैक्स तो हुए उस पर। पुलिस और दूसरे लोगों ने भी कितनी बार पिटाई की। दो बार तो उसे मरा हुआ मानकर मारनेवाले चले गए। लेकिन चोट भरने के बाद उसका फिर वही चक्कर शुरू हो जाता है।"

"मैं अभी आया।" वह भीतर चला गया। थोड़ी देर में उसकी विनीता से कुछ चखचख भी सुनाई दी। सब कुछ इतना अस्पष्ट था कि सतर्कता के बाद भी मैं कुछ सूँघ नहीं सका। पर कुछ ही समय बाद लगा, मुझे भ्रम हुआ था क्योंकि वह मुस्कराता हुआ कमरे में आया, "तो अपनी कुछ कविताएँ सुनाइए।"

"मुझे कविताएँ याद नहीं रहतीं। इसे आप मेरा नखरा न मानें, बल्कि वाकई मुझे याद नहीं रहतीं।"

"अच्छा फिर कभी। सिगरेट लीजिए।"

मेरे पास सिगरेट थी लेकिन इस महँगी सिगरेट के सामने उसे निकालने में शर्म महसूस हुई। जब अभी तक इज्जत बनी है तो बनी

ही रहे। मैंने सिगरेट ले ली। उसने लाइटर से सुलगाकर अपने होंठों की भी दबी सिगरेट जला ली।

"तो आजकल आप क्या लिख-पढ़ रहे हैं?"

"कुछ खास नहीं।" राघव के बारे में जानने-सुनने को उतावला था इसलिए टालने की गरज से मैंने कहा।

"और किस डिपार्टमेंट में हैं आप?"

मुझे जैसे साँप सूँघ गया। मैं हकलाने लगा। किसी तरह सिगरेट का कश लेकर धुएँ में चेहरा छुपाते हुए कह पाया, "अभी खाली हूँ।"

"अरे, खैर मुख्य चीज तो आपका लिखना-पढ़ना है। मुझ जैसे नौकरी करनेवाले बहुत मिल जाएँगे जो एक दिन नौकरी करते और रिटायरमेंट भोगते मर जाएँगे। पर आप जैसी टैलेंट कम ही हैं सोसायटी में। आप समाज को कुछ देंगे। हमलोग तो बस लेते हैं।"

मुझे यह आदमी बहुत पवित्र और मानवीय लगा।

"अच्छा साहब! मैं जरा फ्रेश हो लूँ।"

"हाँ-हाँ। जरूर-जरूर।"

उसके जाने के बाद मैं अकेला रह गया और तब मुझे लगा, विनीता कमरे से जाने के बाद एक बार भी नहीं आई। वैसे मुझे उसके न आने में कोई गहरा मतलब न लगा और मैं राघव के बारे में सोचने लगा, लेकिन सोच नहीं सका, क्योंकि जिसे एक बार भ्रम मानकर भूल बैठा था, फिर वैसा ही लगने लगा। अन्दर विनीता और सुरेन्द्र के बीच कुछ झड़प-सी होती लगी। मैंने कुछ बेचैनी–कुछ झुँझलाहट के साथ तय किया, 'भइया राघव, तुम्हारे बारे में बाद में सोचूँगा, पहले जरा इस मामले को देख लूँ।'

मैंने बहुत कान लगाया। इतना कि आधा घंटा बीत गया, पर मामले की भनक नहीं पा सका। मैं और प्रयत्न करता, पर तब तक नौकर नाश्ता लेकर आ गया। उसने सजा दिया तो मैंने कहा, "साहब कहाँ हैं?"

"आप लीजिए साहब। साहब अभी बाथरूम में हैं।"

मैंने मन-ही-मन कहा, 'तो इनका बेडरूम बाथरूम है।' मैं मस्ती में

बिस्कुट चुरमुराने लगा। तभी मुझे विनीता की दबी हुई सिसकी सुनाई दी। मैंने बिस्कुट रखकर पानी पी लिया। आखिर बात क्या है? मैं उद्विग्न हो उठा। मैं जानने की फिर कोशिश करने लगा।

देर हो गई। नौकर बर्तन उठाने आया। वह जाने लगा तो मैंने कहा, ''साहब से कह दो मैं जा रहा हूँ।'' मुझे लगा, इतनी देर से अकेला हूँ। अब चलना ही बेहतर होगा।

मैं इन्तजार करने लगा, सुरेन्द्र और विनीता में से कोई आएगा मुझे विदा देने। पर काफी वक्त हो गया और नौकर तक नहीं आया। घर के आदमी से बिना मिले जाना सभ्यता के खिलाफ था, पर मेरे पास अब कोई चारा नहीं था इसके अलावा कि चुपचाप उठूँ और निकल लूँ। मैंने वही किया पर चुपचाप नहीं। पहले खाँसा-वाँसा, मेज वगैरह को खड़काया, फिर भी कोई नहीं आया तो मैं आ गया बाहर।

बाहर आकर लगा, अपमान से मैं बुरी तरह काँप रहा हूँ। विनीता का कोई दोष नहीं। मुझे सुरेन्द्र ने अपमानित किया है। मैंने हृदय की गहराई से सुरेन्द्र का अहित चाहा। उसे भद्दी गालियाँ दीं। आखिर जब मैंने नौकर से कहलाया तब तो आ सकता था...। फिर मुझे ग्लानि हुई, अनायास उसे कोस रहा हूँ। कितना नेक और समझदार इनसान है वह। यह भी हो सकता है, सवेरे ही दोनों में कुछ छोटी-मोटी तकरार हुई हो, और उसी वजह से भीतर दोनों ही उलझ गए हों और बाहर आने से कतरा रहे हों। मैं अपने को कोसने लगा कि थोड़ी देर पहले बेचारे को फिजूल ही श्राप और गालियों की नेमत बख्शी। फिर कोई भी बात हो सकती है। मेरी तो शादी-वादी हुई नहीं है तो फिर क्या जानूँ गृहस्थ जीवन की समस्या?

सिगरेट की तलब-सी लगी। रुककर सिगरेट निकालकर होंठों में दबाई और माचिस के लिए जेब टटोलने लगा। वह दाईं की जगह बाईं पाकेट में थी। निकालकर मैंने सिगरेट सुलगाई। माचिस जेब में रखी और धुआँ छोड़ते हुए एक नजर विनीता के घर की तरफ देखा और चौंक पड़ा—दरवाजा बन्द था पर एक खिड़की का थोड़ा-सा परदा खुला था, वहीं से विनीता के चेहरे का दायाँ हिस्सा दिखा। वह बाहर देख रही

थी। दूर होने के कारण उसके चेहरे के भाव का पता न पा सका मगर वह देख रही थी और एकाएक वह हट गई। दरवाजा खुला और वह पूरी दिखने लगी। मैं उसे पूरा देख रहा था और वह मुझे पूरा देख रही थी।

मैं उसको करीब से देखने के लिए लौटने लगा कि उसने हाथ हवा में लहराया और दरवाजा बन्द कर लिया।

मैं ठिठक गया—भीतर अब क्या हो रहा होगा?

7

विनीता के घर से सीधे मैं अपने कमरे पर आया। ताले में एक कागज फँसा था। अचम्भा हुआ, कौन आया होगा? कागज निकालकर पढ़ने लगा। मेरे अपने कस्बाई शहर का लड़का था, जिसका घर मेरे घर से तीन-चार मकानों के बाद है। उसने लिखा था कि वह अभी थोड़ी देर में फिर आएगा।

मैंने ताला खींचा, वह खुल गया। दरवाजे को धकेलकर भीतर आया और लाइट जला दी। रोशनी होने पर कमरा जैसे बुझ गया। खराब और तितर-बितर कमरे—अँधेरे में कुछ ही सही चैतन्य लगते हैं। उजाले में मरे-मरे से हो उठते हैं। जबकि सजे हुए कमरे अँधेरे में सुन्दर बिस्तर पर सो रहे हों और उजाले में जागकर मुस्कराने लगे हों जैसे।

मैंने कुर्सी पर बैठकर मेज पर सिर टिका दिया। मुझे महसूस हो रहा था कि कुछ तकलीफ है लेकिन मैं बहुत अच्छा और अपने को भला-भला भी महसूस कर रहा था। बात यह थी कि विनीता के घर से वापस आते समय अपने अपमान और उसकी उदासी के बावजूद मैं खुश था; क्योंकि अब वह दुखी थी और मैं उसका, दुख का दोस्त था। ऐसा अहसास होता था, उससे मैंने पहले प्यार नहीं किया था। हमारी मोहब्बत की शुरुआत तो अब हो रही थी। सच कहूँ तो कहीं मेरे भीतर एक कुटिल था जिसे विनीता को दुख में पाकर अच्छा-सा लग रहा था।

पर मैं तनाव से भी भरपूर था। मुझे विनीता और राघव की चिन्ता थी। मैं बिलकुल खुश नहीं था। मैं थका हुआ, पस्त और अनमना था। अपनी बुद्धि पर कोफ़्त भी हो रही थी, विनीता के घर उसके पति से पूछा भी नहीं कि वह किस तहसील का एस.डी.एम. है। अगर पूछा होता तो वहाँ राघव का सुराग लग जाता। मैं पछताया, अपना कोई सामान विनीता के घर पर भूल आना चाहिए था जिसे लेने के बहाने जाता और राघव का पता कर लेता।

पर अब क्या चारा था? सोचा कुछ पुराने दोस्तों से राघव के बारे में दरयाफ्त करूँ लेकिन इसमें दिक्कतें थीं। पैसे का झमेला था। राघव का पता चलने की कोई पक्की उम्मीद होती, तो मैं उधार लेने का भी जोखिम उठा सकता था, पर केवल सम्भावना के नाम पर पैसा फूँकने में मैं मजबूर था। फिर उन पुराने दोस्तों से मुलाकात का मतलब था, वे और मैं शर्मिंदगी से घिरें। क्योंकि वहाँ मेरा हाल पूछा जाता और वैसा ही व्यवहार मैं भी करता। ऐसी सूरत में हम सभी लहूलुहान होते। हो सकता है किसी दोस्त को नौकरी हासिल हो गई हो, तो उसके सामने दूसरे प्रकार का दुर्गम उपस्थित होता। वह मेरी दुर्दशा पर अफसोस करता और सहानुभूति का उपहार देता, जबकि मैं अपने लिए किसी भी तरह की सहानुभूति से घृणा करता हूँ।

मैं अभी भी मेज पर सिर टिकाए था कि आभास हुआ पास में कोई खड़ा है। हमारी आँखें चाहे जितनी मुँदी रहें या और कहीं देख रही हों लेकिन सिर के पास कोई खड़ा होता है तो हमें पता चल जाता है। आँखें नहीं देख पातीं लेकिन हमें पता चल जाता है कि कोई है। पलटकर जब देखते हैं तो कोई होता है। मैंने देखा, मकान-मालिक खड़ा था।

मैंने कहा, "बैठिए।"

वह बैठ गया और बोला, "आपके घर से कोई लड़का आया था।"

"हाँ, वह फिर आएगा। उसने बाहर पर्ची रख छोड़ी थी।"

"क्यों मन गिराए हैं? सब कुछ ठीक तो है न घर पर?"

“पता नहीं। वह लड़का आ जाए तो पता चले कि कैसा है वहाँ।”

“ईश्वर सब ठीक रखेगा। ऐसा करिए कि आप कुछ दिनों के लिए घर हो आइए।”

“क्यों?”

“बस ऐसे ही।” हड़बड़ा गया।

“अच्छा सोचेंगे।”

वह चारपाई पर बैठा पैर हिलाता रहा। उसकी मौजूदगी को मैं बिलकुल बरदाश्त नहीं कर पाता, लेकिन मकान-मालिक होने के कारण उसे बाहर निकलने के लिए भी नहीं कह सकता था। वह कमरे में बैठा था और मैं चुप रहूँ, यह भी ठीक नहीं था।

“भाभी जी कैसी हैं?”

“हँह!” वह विद्रूप से हँसा, “कुतिया की दुम कभी सीधी होती है!”

मुझे शरारत सूझी, “वैसे शुद्ध यह है, कुत्ते की दुम कभी सीधी नहीं होती।”

“हह...हह...ह। आप भी खूब मजाक करते हैं। लेकिन आप देर से सही आदमी को पहचान जरूर लेते हैं।”

“क्या मतलब?”

“मतलब कि पहले आप मेरी श्रीमती जी की बड़ी तरफदारी किया करते थे, लेकिन जल्दी ही समझ गए उसकी जात, सो अब चुप रहते हैं।”

मैं अवसन्न रह गया। मेरी तटस्थता को इस घृणित आदमी ने अपने पक्ष में इस्तेमाल किया। मुझे उस समय की स्मृति हो आई, जब मकान-मालिक की बीवी और कम उम्र की थी। वह दो चोटियाँ करती थी और तेज आवाज में रेडियो पर फिल्मी गीत सुनती थी। मुझे उस स्मृति का स्मरण हुआ और मैं भड़क गया। इच्छा हुई, सामने बैठे इस आदमी का कालर पकड़कर कमरे से बाहर निकाल दूँ, लेकिन मैं ऐसा नहीं कर सका। मैं नफरत से खौलते हुए एक किताब पलटने लगा।

मकान-मालिक ने शायद इसे उठ जाने का सिगनल समझा और चलने के लिए खड़ा हो गया।

उसके जाते ही मैंने बिजली गुल की और चारपाई पर लेट गया। चारपाई की चादर झाड़ी नहीं गई थी। उस पर गन्दे टुकड़े बिखरे थे। कुछ रोशनी में मँडराने वाले पतंगे भी थे। ऐसा रोज होता था लेकिन बेचैन मैं आज हुआ था। पहले–काफी पहले–अगर चद्दर पर एक बाल तक होता था, तो मेरा मन बिदक जाता था लेकिन इधर मैं बदल गया था।

इधर मैं स्वाद के रस से वंचित था। मैं गंध की तरंगों से वंचित था। मैं रंग की किरणों से वंचित था। स्पर्श का रोमांच मैं भूलने-सा लगा था। जीवन के लिए मेरी उमँग बौनी होती जा रही थी। दिन-प्रतिदिन उसमें कुछ घट रहा था। मुझे डर लगता था। मेरी उमँग रोज घट रही है। रोज छोटी हो रही है। ऐसा ही एक दिन होगा जब जीवन के लिए मेरी उमंग मेरे सम्मुख एक पारे की तरह डोलती हुई मिलेगी। और एक दिन होगा, जब वह पारा भी अदृश्य हो जाएगा। तब कैसा हूँगा मैं और कैसा होगा मेरा समय?

लेकिन आज चादर का यह कूड़ा-करकट परेशान क्यों कर रहा है? आज विनीता के यहाँ से लौटने के बाद क्यों मैं प्रेम और घृणा के गंध और रंग पहचानने सा लगा हूँ।

यह आज चादर का कूड़ा-करकट परेशान क्यों कर रहा है? मैं झुँझला-कर उठा, चादर झाड़कर बिछाया और लेट गया।

थोड़ी ही देर लेटा हूँगा कि अचानक मुझमें स्त्री के शरीर का आकर्षण जाग गया। फिर मुझे लगा, यह अचानक नहीं हुआ, जब मैं विनीता के घर से आ रहा था तब मुझमें ऐसा कुछ हुआ था। ऐसा नहीं कि मुझमें विनीता का शरीर पाने की लालसा हुई। मुझमें तो बस स्त्री के शरीर का आकर्षण जाग गया। सभी की तरह मुझे भी दुनिया की सर्वश्रेष्ठ खूबसूरती सुन्दर स्त्री की दमकती हुई, आभा बिखेरती देह लगती है। निपट एकान्त हो तो किसी पुरुष के सामने दीप्ति की सुनहली किरणें बिखेरती हुई हसीन औरत एक जादू होती है। वह ऐसा

मायालोक होती है, जहाँ सब कुछ विस्मृत हो जाता है। रह जाता है औरत का जादू। लगता है समस्त कलाएँ इस महानतम कला से निःसृत होकर एकान्त में फैल रही हैं। जर्रे-जर्रे में समा रही हैं। एक संगीत बजता है। चित्र रचे जा रहे होते हैं। मूर्तियाँ स्थापित हो रही होती हैं। कविता और गद्य के उच्चारण सुनाई देते हैं। नृत्य के पग-ताल गूँजते हैं। सब कुछ स्तब्ध, सूना और समतल लगता है उस पल। सब कुछ गतिमान, कलावान और कशिश भरा होता है। इच्छा होती है, इसी क्षण मर जाने की। इच्छा होती है, अनंत काल तक जीवन जीने की। सब कुछ थिरक रहा होता है। सब कुछ थमा हुआ होता है। भाग रहा होता है।

वह विद्युत होती है—उसके शरीर से रंग की ठंडी और तप्त—एक साथ—किरणें निकलती हैं। हर तरफ रंग-बिरंगे रंग होते हैं। हर तरफ बदरंग-सा लगता है। हर तरफ—लगता है कुछ रचा जा रहा है—कुछ खत्म हो रहा है।

औरत की दमकती हुई आभा बिखेरती देह को हलका-सा छूने पर लगता है, अँधेरे में नदी का जल काँप रहा है। पूरा छुएँ, तो अद्‍भुत, अद्वितीय लय व्याप्त हो जाती है। औरत की देह सत्य होती है। झूठ होती है।

स्त्री के वक्ष से अच्छी कोई आकृति नहीं होती। वह ऐसी जगह है जहाँ दुनिया में सबसे ज्यादा छाँह मिलती है—सबसे ज्यादा गर्मी मिलती है। मैं एक रूपवती स्त्री के उन्नत और पुष्ट वक्ष में सिर रखकर कुछ वक्त पड़े रहना चाहता हूँ। स्त्री के वक्ष में छिपने पर मनुष्य शिशु हो जाता है—मनुष्य विराट् हो जाता है। स्त्री का कड़ा-कठोर वक्ष ऐसा पर्वत है जिसके सम्मुख पहाड़ जैसा पुरुष नदी हो उठता है।

वक्ष के साथ एक अन्य अंग कला का अद्‍भुत रूप है—स्त्री की तीखी-पुष्ट जाँघ। लेटी हुई स्त्री की जाँघ जब फड़कती है, तो लगता है आत्मा धड़क रही है। या कभी लगता है कि वह तीखी पुष्ट जाँघ साँस ले रही है।

जीवन तो सब में होता है। स्त्री में भी होता है। लेकिन स्त्री के

होंठों में जीवन होता है। कपोलों में जीवन होता है। वक्ष में जीवन होता है। जाँघों में जीवन होता हैं औरत की दमकती हुई आभा बिखेरती देह जीवन का प्राण होती है।

मैं हड़बड़ाया, किसी ने कुंडी खटखटाई थी। उठकर रोशनी कर दी। मुझे देखकर पड़ोस का लड़का खुश हो गया। वह शायद डरा हुआ था कि अगर मैं कमरे पर नहीं आया, तो वह रात कहाँ बिताएगा। मैंने भी मुस्कराकर उसका स्वागत किया इससे उसे बल मिला और तुनकते हुए बोला, ''भइया, कहाँ घूमते रहते हो इतनी देर-देर तक?''

''अरे बस ऐसे ही।''

''अरे बस ऐसे ही क्या?''

मुझे उसके उद्दंड हो जाने का खतरा महसूस हुआ। मैं गम्भीर हो गया, ''तो कैसे आए हो यहाँ पर? मतलब कि घूमने-घामने या और कोई खास बात?''

''मैं तुम्हें ले चलने आया हूँ। चाचाजी और चाचीजी ने कहा है कि तुम्हें हर हालत में ले चलूँ और तुम उनकी चिट्ठियों के जवाब क्यों नहीं देते हो? हरदम परेशान रहते हैं वे।''

''ठीक है, जवाब दे दूँगा।''

''जवाब नहीं, अब तुमको चलना है और वह भी मेरे साथ। भइया, मैं तुम्हें लिए बिना यहाँ से जा नहीं सकता।''

क्या कहता, चुप लगा गया। वह भी चुप रहा। थोड़ी देर बाद एक मुड़ा हुआ कागज मुझे पकड़ाने लगा। खत था। माँ और पिताजी ने एक साथ सम्बोधित किया था।

प्रिय बेटा,

शुभाशीष!

यहाँ पर ईश्वर की अनुकम्पा से सब ठीक है। आशा है कि तुम सकुशल होगे। बहुत दिन हुए तुम्हारा हाल-चाल मिले। तुम घर क्यों नहीं आते? हमसे कोई नाराजगी हो तो हम दोनों माफी माँगते हैं। तुम जल्दी से चले आओ। चाहे थोड़े दिन के लिए ही सही। बहुत जरूरी बात है। तुम्हारा आना बहुत जरूरी है।

इसलिए पड़ोस के पप्पू को भेज रही हूँ। इसे सौ रुपया भी दे दिया है। टिकट यह खरीद लेगा इससे तुम्हारे पिताजी ने बोल दिया है। हम सब बहुत चिन्ता के साथ इन्तजार कर रहे हैं। पिछले महीने में तुम्हारी अम्मा के घुटनों में दर्द बढ़ गया था अब ठीक है। बस तुम आ जाओ जल्दी से। बाकी सब ठीक हैं। आशीर्वाद।

तुम्हारे
पिताजी और अम्मा

पत्र में कोई खास बात नहीं लगी, सिवा इसके कि बहुत दिनों से घर न जाने के कारण वे हलका-सा विचलित और परेशान हैं। खत को तकिए के नीचे रखकर मैंने उससे पूछा, ''खाना-वाना क्या खाओगे? जो खाओ वही बनाया जाए।'' इच्छा हो रही थी कि वह न कह दे और मैं भी बिना कुछ खाए ऐसे ही सो रहूँ। उसने कहा, ''देर हो रही थी तुमको आने में, तो मैंने होटल में खा लिया। तुम्हारे लिए बना दूँ?''

''नहीं, मैंने भी खा लिया।''

''अच्छा तो अब मैं सोऊँगा।'' वह इधर-उधर देखने लगा।

झाड़ू देकर जमीन पर चारपाई के बिस्तर को बिछा दिया और हम लोग चौड़े-चौड़े लेट गए।

थोड़ी देर बीती होगी लड़का सो गया। लड़का गहरी नींद में सो गया। दिन-भर की थकान थी, इसलिए वह लेटते ही सो गया। अभी रोशनी गुल नहीं हुई थी। हाँ, वोल्टेज कम था, इसलिए पीले रंग का मद्धिम उजाला था। जैसे लालटेन जल रही हो। मैंने पड़ोस के लड़के को गौर से देखा, कितना आत्मविश्वास और दृढ़ता है चेहरे पर। सारी पृथ्वी को जीत लेने का जोश है। बेफिक्री है।

मैं उसके चेहरे को एकटक देखने लगा। देखता ही जा रहा था। एकटक देखने से जैसे आँखों पर धुँधलका छा गया। एक झीना परदा-सा गिरा और मुझे लगा, लड़के का चेहरा बदल रहा है और तभी दाढ़ी-मूँछ निकल आई। बाल झड़े हुए लगने लगे। कनपटी के पास तक

के बाल अधपके हो गए।

मुझे लगा वह थोड़ा चौड़ा हो गया है। झुलस गया है। उसकी कोमलता कुचली हुई उसकी हथेलियों में दबी है। उसे वह देखना चाहता है, तो वह उड़कर गायब हो जाती है। उसकी पवित्रता अब नहीं हैं। उसके होंठ मोटे हो गए हैं और उन पर रूखी-रूखी लाल मूँछें लटकी हैं।

मुझे डर-सा महसूस हुआ। डर की वजह नहीं समझ में आई लेकिन डर-सा महसूस हुआ। मैंने जल्दी से उठकर बिजली गुल की और दौड़कर बिस्तर पर आ गया।

मेरा डर खत्म नहीं हो रहा था। मैंने चेहरे तक चादर तान ली और उलटी गिनती गिनने लगा, ताकि नींद आ जाए। और सचमुच मुझे नींद आ गई। मुझे नींद आ गई और सब कुछ को विस्मृत कर मैं सो गया।

मैं गहरी नींद में सोया था या कुत्ते वाली नींद में, कुछ पता नहीं। लेकिन जब एकाएक मेरी आँख खुली और जागा तो पाया कि घबराया हूँ। विनीता और राघव की चिन्ता से सराबोर काँप रहा हूँ। हथेलियाँ और चेहरा भी पसीने से भीगे हैं। हालाँकि मैंने कोई सपना नहीं देखा था पर मेरी दशा भयानक सपने से जगने के बाद जैसी खौफजदा थी। मन में आया, उठकर बल्ब जला दूँ। रोशनी हमें निर्भीक और अकेले होने के बोध से आजाद करती है पर नहीं जलाया। क्योंकि उसी क्षण छाती से खट्‌ट-सी आवाज आई महसूस हुई। लगा, मैं चारपाई पर लेटा हूँ और धीरे से आकर राघव-विनीता मेरे बहुत करीब बैठ गए और पाँव हिलाने लगे। यह इलहाम भी हुआ कि रोशनी करूँगा तो ये गुम हो जाएँगे। मैंने चादर को मुँह तक ढककर करवट बदल ली और पाया कि दोनों को अधिक अच्छी तरह महसूस कर रहा हूँ। मैं उनके बारे में सोचने लगा लेकिन हलकी-सी नींद का असर था या कोई और बात थी कि जो कुछ सोच रहा था, सुव्यवस्थित नहीं था। गडमड चल रहा था सब कुछ। जैसे मैं विचारों में डूब-उतरा नहीं रहा था बल्कि विचार मुझमें डूब रहे थे—ऊपर आ रहे थे—और फिर डूब रहे थे। सब धुँधला, अस्पष्ट

और चमकहीन था। कुछ अगर निश्चित और उज्ज्वल था तो बस यही कि विनीता और राघव मेरे बहुत पास हैं और अगर मैं बल्ब जलाता तो वे गायब हो जाते।

धीरे-धीरे मैं शान्त होने लगा। एक सुगन्धित धुआँ-सा उठना प्रारम्भ हुआ और मैं शान्त होने लगा। धुआँ फैल रहा था। धुआँ फैल रहा था। धुआँ फैल गया और मुझमें स्त्री के शरीर की उत्कट लालसा फिर से पैदा हो गई। मैं एक हीनता ग्रन्थि से भर उठा। मुझे लगा मेरे सीने की चौड़ाई थोड़ी सिकुड़ गई है। मेरे कान बहुत चौड़े हो गए हैं और चेहरा छोटा।

मेरी इच्छा हुई बगल में कोई रूपवती हो और उसके नाभि स्थल के इर्द-गिर्द सिर छुपा कर मैं बुदबुदाऊँ। मैं भावुक हो जाऊँ। मैं इतना भावुक हो जाऊँ कि मैं रोने लगूँ। मेरे आँसुओं से उसका शरीर भीगने लगे। मेरी इच्छा हुई, उसका चुम्बन लेते हुए मैं फुसफुसा कर कुछ निरर्थक-सा कहूँ और मुस्करा उठूँ।

मुझमें स्त्री के शरीर की उत्कट लालसा पैदा हो गई थी। पहले भी ऐसा होता था लेकिन विनीता के घर से लौटने के बाद ज्यादा तीव्र और सघन हो गया था।

हालाँकि मेरी लालसा विनीता पर केन्द्रित हो, ऐसी कोई बात नहीं।

आखिरकार कब मैं सो गया। नींद में बेसुध हो गया, कुछ स्मरण नहीं।

सवेरे आँख खुली। पड़ोस का लड़का पहले ही जग चुका था। वह नहा-धोकर पंखे के सामने बाल सुखा रहा था। धूप चढ़ आई थी ओर मेरा सिर भारी लग रहा था। सुबह अब चाय नहीं पीता था क्योंकि स्टोव नखरेबाज था, उसे एक बार जलाने में ही कचूमर निकल जाता था। अतः चाय के लिए जलाने में आलस्य का आना स्वाभाविक था। मैं थोड़ी देर करके सीधे रोटियाँ ही सेंक लेता था। क्योंकि मकान-मालिक की पत्नी मुझसे विमुख थी। और रोटियाँ सेंकने की जहमत नहीं उठाती थी। पर आज पड़ोस का लड़का भी था। मैंने उसे पैसा दिया कि जाकर

दूध, पत्ती और एक पैकेट पारले बिस्कुट ले आए। वह चला गया तो मुँह धोकर मैं स्टोव में हवा भरने लगा।

स्टोव पर पानी गुनगुना होने लगा था। मैं कल के बारे में सोचने लगा। मैं परेशान और हतप्रभ था कि कल विनीता के दुख, राघव की याद और स्त्री के शरीर की उत्कट लालसा के बीच कौन-सा ताल्लुक था कि वे मुझे ऐसे याद आते जैसे वे किसी एक ही डोर पर लटके हुए कपड़े हों। आखिर वे क्यों परस्पर गुँथे हुए मेरे अन्दर उभरते थे जबकि उनका कोई सम्बन्ध नहीं होना चाहिए। विनीता और राघव का परस्पर जुड़ना तो कुछ समझ में आता था किन्तु स्त्री के शरीर की उत्कट लालसा इनकी बगलगीर क्यों हो उठती थी, मैं सिर पटकने के बावजूद समझ नहीं पा रहा था। पर यह भी सच है कि यह सब जो हो रहा था, वह सच था।

हाँ यह भी सच है कि इस वक्त स्टोव के सामने बैठा हुआ मैं राघव के बारे में सोच रहा था। परेशान था। मैं विनीता के बारे में भी सोच रहा था। परेशान था।

विनीता की भयभीत और भावमय आँखें मुझमें खलबली पैदा कर रही थीं। इसी के साथ-साथ राघव से मिल लेने की उत्कंठा भी थी। विनीता के घर जाने के बाद से राघव की तलाश मेरा लक्ष्य हो गया है। मैं राघव से मिलना चाहता था। राघव से क्यों मिलना चाहता था, इसका ठीक-ठीक जवाब नहीं था मेरे पास। बेशक, मैं क्रान्तिकारी बनने की इच्छा नहीं रखता। मैं किसानों का नेता नहीं बनना चाहता। राघव भी नहीं बनना चाहता, फिर भी राघव की तलाश मेरा लक्ष्य था। मैं राघव क्यों नहीं बनना चाहता? मैं किसान नेता क्यों नहीं बनना चाहता? मैं क्रान्तिकारी क्यों नहीं बनना चाहता? इन सवालों के जवाब नहीं हैं मेरे पास।

मैंने तय किया कि चाहे जो हो, आज राघव का कुछ-न-कुछ पता जरूर करूँगा। पड़ोस का लड़का नमूदार हुआ। दूध, पत्ती और बिस्कुट का लिफाफा पकड़ा कर बोला, ''तो भइया, आज चल रहे हो न?''

''ठीक है, बताऊँगा बाद में।''

"बताना-वताना कुछ नहीं, बस आज चलना है हर हालत में।"

"तुम तो यार आफत कर दिए हो। अरे आए हो, कुछ घूम-घाम लो यहाँ।"

"घूमना-वूमना नहीं है मुझे। मुझे बस जाना है।"

"तो फिर तुम आज चले जाओ, मैं आ जाऊँगा।"

"नहीं...नहीं...मैं तो आपको लेकर ही जाऊँगा।"

8

मेरी ट्रेन छूट गई, इसलिए बस से यात्रा कर रहा हूँ। वैसे ट्रेन अब सस्ती भी नहीं रही। अगर फास्ट-सुपरफास्ट हो तो बस से महँगी पड़ती है। अब बस में बैठा था उस जगह को जाने के लिए, जहाँ मैं एक कमरे में रहता हूँ और जिसका मकान-मालिक अपनी सुन्दर पत्नी को पीटता है।

मैं यहाँ अपने गृह नगर में चार दिन ही रहा पर अब जा रहा था तो मन भीग रहा था। इस बस अड्डे को ही लिया जाए, बचपन में जब मुँडेर पर कौवा बोलता तो अक्सर मैं यहाँ आकर घंटों खड़ा रहता था कि आनेवाले रिश्तेदार को मैं सबसे पहले देखूँ।

लेकिन यह सच्चाई है कि यदि पड़ोस का लड़का वहाँ न पहुँचता तो मैं किसी भी सूरत में यहाँ नहीं आता। क्या करता, वह लड़का वहाँ से खिसकने का नाम ही नहीं लेता था। कुछ कहो, तो बस एक जवाब, 'भइया मैं तुम्हें लिए बिना जाऊँगा नहीं। चाचा-चाची ने तुम्हें हर हालत में लाने को कहा है।' बोलने के बाद मुस्कराने लगता और मैं चिढ़ उठता। एक बार तो मैं गुस्से में आ गया, 'क्या मैं मर रहा हूँ या वे लोग मर रहे हैं! मैं गम्भीर रूप से बीमार हूँ या मानसिक रूप से रोगी हो गया हूँ, जो मुझे बुलाने के लिए इतनी जिद की जा रही है।' वह कहता, 'मुझे क्या मालूम? मुझे तो बस ले चलना है आपको।' मैं विनम्र

होकर पूछता, 'पिताजी-अम्मा ठीक तो हैं? स्वास्थ्य वगैरह अच्छा तो है न?''

'हाँ...हाँ...फर्स्ट क्लास।' वह कहता।

मुझे उसकी सूरत से चिढ़ हो गई थी। इसलिए भी कि वह मुझे आर्थिक रूप से भी पीट रहा था। उसके नाम से प्रतिदिन मेरा चार-पाँच रुपया मर जाता। यह चपेट मेरे लिए कम नहीं थी।

इस पर भी मैं न आता। मगर हुआ यह कि पिताजी का एक खत और आया डाक से। मेरी नाक में दम हो गया था और मेरे सहज ज्ञान ने घोषणा की कि मुझे अब जाना ही पड़ेगा।

लेकिन फिर भी मैं यह कहूँगा कि घर जाने की मेरी बिलकुल इच्छा नहीं थी। दरअसल पढ़ाई पूरी कर चुकने वाले खाली लड़के कहीं जाना नहीं चाहते। 'वे क्या कर रहे हैं' का ब्रह्मास्त्र उनका पीछा कर रहा होता है। उससे बचने के लिए वे किसी मकान-मालिक के कमरे या हॉस्टल में दुबक जाते हैं। वही उनका किला होता है।

मैं भी अपने किले से बाहर नहीं आना चाहता था। बाहर होने का मतलब था, फँस जाना। जबकि मैं फँसना नहीं चाहता था। मगर क्या करता—पड़ोस का वह लड़का और खत—मन मारकर मुझे रणभूमि की तरफ उन्मुख होना ही पड़ा।

मैं अपने को घर आने के लिए मानसिक तौर पर तैयार करने लगा था। वहाँ सबसे दुर्धर्ष युद्ध उनसे नहीं था जो मुझे व्यंग्य, उपेक्षा या नसीहतों से अपमानित करते। सबसे ज्यादा आहत माँ-पिता के सम्मुख होता, जो कभी कुछ नहीं कहते लेकिन मुझे देखकर ऐसे हो जाते जैसे भीतर भयानक मंथन हो रहा हो।

इतने वर्ष हुए, आज तक कभी माँ और पिताजी को कोई उपहार तक नहीं दे सका हूँ। माँ की कितनी इच्छा होगी कि मैं घर आऊँ तो मेरे पास उसके लिए रंग-बिरंगी साड़ी हो। पिताजी चाहते होंगे, सुबह सोकर उठें तो उनकी कलाई में एक चमचमाती घड़ी हो, जिसे मैंने अपनी कमाई से खरीदकर रात में चुपके से बाँध दिया हो। जब मैं एम. ए. फाइनल का इम्तहान देने बैठा, तो गर्मी के दिन थे। मैंने सोचा,

नौकरी मिली तो शायद जाड़े के दिन होंगे। मैं पहले वेतन पर माँ के लिए मैरून रंग की एक कश्मीरी शाल खरीदूँगा और पिताजी के लिए सिलेटी रंग का बन्द गले के कोट वाला सूट सिलवाऊँगा। लेकिन इस बार भी मैं जाऊँगा तो हमेशा की तरह खाली हाथ जाऊँगा।

फिर भी मैं अपने को घर चलने के लिए मानसिक तौर पर तैयार कर रहा था। और एक समय ऐसा आया कि मैंने पड़ोस के लड़के से कहा, 'आज चलना है।'

उसने मुझे आश्चर्य से देखा और सीना तान लिया जैसे मैं उसी के कारण घर चल रहा हूँ और इस बात का उसे गर्व हैं।

'तो तैयारी किए रहना। मैं ट्यूशन करके आऊँगा और सीधे चला चलूँगा।'

'मैं पहले पहुँचकर टिकट लिए रहूँ?'

'नहीं, तुम जानसेन गंज चले जाना, दिन में ही। वहाँ टिकट मिल जाएगा।'

'अच्छा, यहाँ इतना पहले ही टिकट मिल जाता है?' उसके स्वर में ताज्जुब और खुशी थी।

'हाँ, यहाँ पहले ही मिल जाता है।'

अब मैं थोड़ा आजाद महसूस कर रहा था, जैसे सिर से कोई भारी बोझ उतर गया हो। मैंने निश्चय किया, रास्ते-भर विनीता और राघव के बारे में सोचता हुआ चलूँगा। क्योंकि अभी चार दिन पहले ही तो विनीता के घर में मैंने विनीता और राघव को फिर से पाया था। जब वहाँ से निकला था और विनीता के हिलते हुए हाथों को बाहर से देखा था, तो जाने क्यों ऐसा लगा, ये हिलते हुए हाथ विनीता के भी हो सकते हैं और राघव के भी हो सकते हैं और मेरे मकान-मालिक की पत्नी के भी हो सकते हैं ये हिलते हुए हाथ। जो कभी मुझसे कहती थी मैं ईश्वर को मानूँ और हफ्ते में एक दिन व्रत रखा करूँ।

विनीता, राघव और मकान-मालिक की पत्नी–तीनों में–मकान-मालिक की पत्नी सबसे कम मुझमें चमकती थी, लेकिन यह इत्तिफाक ही था कि जब मैं ट्रेन में बैठा तो मैं राघव या विनीता के बारे में नहीं

सोच रहा था। मेरे दिमाग की आँखों के सामने मकान-मालिक की पत्नी थी। उसके बिखरे बाल, सूजा हुआ मुँह–शायद कलाई भी–याद आ रहे थे। दरअसल कमरे से बाहर निकलने के ठीक पहले वह मुझे ऐसी ही दिखी।

ट्रेन डोल रही थी। वह मुझे याद आ रही थी।

हुआ यह था कि करीब सात बजे मैं ट्यूशन करके लौटा तो देखा, पड़ोस का लड़का सामान वगैरह समेटकर बैठा है और माहौल कुछ बेढब है। शायद कोई घटना घटित होने के थोड़ा पहले और थोड़ा बाद में आसपास की जगह को अपने गंध-स्पर्श से भर देती है। मैं कमरे में आया तो मेरी इन्द्रियाँ कुछ अलग-अलग महसूस कर रही थीं। पहले ऐसे एहसास की मुझे तलाश रहती थी। अब सामने होने पर भी मैं कतराकर निकल लेना चाहता था। मैं कतराकर निकल भागने की कोशिश में जुट गया। मैंने पड़ोस के लड़के से बात करनी शुरू कर दी।

"कोई चिट्ठी-पत्री तो नहीं आई थी?"

"नहीं।"

"तो फिर चल रहे हो न?"

" और नहीं तो क्या।"

"कैसा बीता दिन?"

"ठीक बीता।"

"भूख तो नहीं लगी है?"

"लगी थी, मैंने बाहर जाकर समोसे खा लिए।"

"ठीक किया।" मुझे यह वार्ता बेतुकी और उबाऊ लगने लगी। लेकिन वातावरण में कुछ डोलता हुआ लग रहा था, जैसे कुछ घटित हुआ है अथवा घटने वाला है। मैं आजिज आ गया और अंततः निर्णय किया, घर से निकल लिया जाए। यहाँ बोर होने से स्टेशन पर मशीन पर वजन लेना और किसी बेंच पर बैठकर ऊँघते हुए पैर हिलाना बेहतर काम होगा। मैंने लड़के से कहा, "तो चला जाए न?"

"यह भी कोई पूछने की बात है?"

"मैं जरा फ्रेश हो लूँ, बस फिर चल देंगे।" दरवाजा खोलकर मैं

आँगन में आ गया, जहाँ से बाथरूम का रास्ता गया था। आगे बढ़ता कि मकान-मालिक के हिस्से वाले कमरे से दरवाजा पीटने की आवाज आई। दरवाजा बहुत जोर-जोर से पीटा जा रहा था। शायद भीतर वाले ने कमरे में कैद होने के बाद पहली बार किसी की आहट पाई थी, तभी उसकी बदहवास दस्तक में उम्मीद, पुकार और अपनी बेबसी की चरम अभिव्यक्ति थी।

एक क्षण को मैं घबड़ा गया कि ये क्या हुआ, पर तत्काल दिमाग में घुसा कि हड़बड़ी ठीक नहीं, धीरज से काम लेना चाहिए। मैंने देखा कुंडी पर ताला लटक रहा था। ताले में एक पुर्जा मोड़कर फँसाया गया था। मेरी हवाई चप्पल चलने पर पटर-पटर करती थी, शायद इसीलिए मैं जैसे-जैसे दरवाजे की तरफ बढ़ने लगा, पीटने की आवाज मद्धिम होती रही। करीब पहुँचने पर पहले शक हुआ, हो न हो भीतर मकान-मालिक की पत्नी हो, पर दरवाजा पीटने पर कलाई की चूड़ियाँ नहीं बज रही थीं। जबकि उसकी कलाइयों में रंग-बिरंगी ढेर सारी चूड़ियाँ होती थीं। हिलने पर उसकी कलाई की चूड़ियाँ झम-झम बजती थीं। मैं थोड़ी देर ठहर गया था। भीतर के कैदी ने समझा कि मैं गायब हो गया हूँ या ठिठक रहा हूँ। दरवाजा फिर से पीटा जाने लगा। चूड़ियाँ बिलकुल नहीं बज रही थीं। भीतर वाले को बतलाने के लिए मैंने दरवाजे को हल्के से थपथपाया, जैसे कि वह किसी दुखी की पीठ हो, थपथपाकर मैं ढाढ़स दे रहा हूँ। लेकिन उधर से पीटना बन्द नहीं हुआ। या तो उसने मेरा थपथपाना सुना नहीं अथवा वहाँ डर ही डर था। खैर मैंने पुर्जो को उतारा और पढ़ने लगा। उसमें लिखा था, "जो आदमी यह ताला खोलेगा, वह हरामी है।" इस धमकी को पढ़कर मुझे हँसी आ गई और मुझमें दरवाजा खोल देने की इच्छा जागृत हुई।

लेकिन उस पर लगे ताले ने मुझे थोड़ा हताश किया। हताशा के इन्हीं क्षणों में मैंने सुस्ता भी लिया ताले को हिला-डुलाकर देखने लगा, गोया वह घबड़ाकर ऐसे ही खुल जाएगा। फिलहाल यह खटर-पटर भीतर पहुँची और खामोशी हो गई। मैंने इधर-उधर निगाह डाली, कोई औजार नहीं दिखाई पड़ा। तभी सिल पर रखा लोढ़ा देखकर मेरी आँखें

चमक गईं। इसी लोढ़े से मकान-मालिक की बीवी नमक पीसती, जो लहू में घुल-मिल जाता। इसी से वह मसाले पीसती, जिससे भोजन में स्वाद और खुशबू पैदा होते। इसी पर हल्दी पीसती जिससे दाल का रंग पीला हो जाता और वह सुन्दर लगने लगती। इसी पर वह मीठी चटनी खट्टी चटनी बनाती।

मैंने लोढ़ा को लेकर ताले पर वार किया। ताला कमजोर और बूढ़ा था, कुछ ही देर में उसकी गरदन ऐंठकर झूल गई। मैंने एक झटके के साथ कुंडी भी खोल दी। सामने देखा तो वही थी, मकान-मालिक की पत्नी।

उसका चेहरा सूजा था। हलका-सा काला या नीला–अँधेरे की वजह से साफ पता नहीं चल पा रहा था–पड़ गया था। मत्थे पर सूखा हुआ खून चिपका था। जैसे घिसी हुई नीम की छाल सूख गई हो। लाल रंग कत्थई हो गया था। तभी मुझे जैसे याद आ गया, मेरी नजरें उसकी कलाइयों पर चली गईं। कुछ लकीरों को छोड़कर अभी भी गोरी थीं वे। कुछेक जगहों पर चकत्ते थे। कलाइयों में एक भी चूड़ी नहीं थी। बाईं कलाई हल्की-सी फूल गई थी। कपड़े सलामत थे। शायद पीटने के बाद कमरा बन्द करने के पहले दूसरी साड़ी देना नहीं भूला था मकान-मालिक।

मुझे देखकर वह थोड़ी देर ठगी-सी रही। लगता था, वह यकीन नहीं कर पा रही थी कि मैं ऐसा जोखिम उठा सकता हूँ। जब मैं ज्वलंत था, तब ऐसा घटित होता, तो उस समय उसमें खुशी की खनक होती, लेकिन इस समय वह ठगी-सी थी, क्योंकि एक लम्बे समय से मैं उसके दुखों को लेकर तटस्थ था।

मुझे देखते हुए ही वह आहिस्ता-आहिस्ता झुकी फिर फर्श पर उकड़ूँ बैठ गई और कुछ दूर की जमीन का एक टुकड़ा बेमतलब देखने लगी। वह अपने को सँभाल रही थी। वह थोड़ी देर पहले बिखर गई थी। अब अपने को समेट रही थी। थोड़ी देर पहले वह खो गई थी। अब अपने को खोज रही थी। वह इस तरह उकड़ूँ बैठी थी जैसे थाना-कोतवाली के आँगन-बरामदा में कोई मुल्जिम बैठता है। लेकिन वह मुल्जिम लग नहीं रही थी।

उसके मस्तक के घाव पर कुछ मक्खियाँ आ गईं। वह उनसे लापरवाह बस उकड़ूँ बैठी थी। मैंने आगे बढ़कर मक्खियों को उड़ा दिया। मैंने उससे कहा, ''तुम डॉक्टर के यहाँ चली जाओ। मलहम-पट्टी करा लो। वरना घाव पक जाएँगे।''

वह चुप रही। फर्क बस इतना हुआ कि वह थोड़ी दूर की जमीन के एक टुकड़े को देख रही थी, अब एकदम पास की जमीन को देखने लगी।

मैंने कहा, ''तुम्हारे घाव पक जाएँगे।''

''मैं पट्टी-वट्टी करा लूँगी। तुम...तुम यहाँ से चले जाओ। नहीं तो वह आएँगे तो तुम्हारे लिए मुश्किल होगी।''

''मैं उससे निपट लूँगा, तुम घबड़ाओ मत।''

जैसे उसे बुरा लगा हो, उसने मुँह बनाकर कहा, ''बस तुम जाओ अपना काम देखो।''

''मैं जा रहा हूँ। पर तुम्हारे 'वो' के डर से नहीं। दरअसल आज मुझे घर जाना है।''

''बहुत दिनों बाद घर जा रहे हो। अच्छा, लौटना तो जरा इनसे सँभलकर रहना। वैसे तुम्हें कुछ नहीं होने पाएगा। मैं भगवान से मनाऊँगी, तुम्हें कुछ होने न पाए।''

मैं चिढ़कर बोला, ''अपने लिए नहीं मनाती थीं क्या, जो आज तुम्हारी यह गति हुई है?''

वह बोली नहीं, चुपचाप उठी और आइने के सामने माँग का सिंदूर ठीक करने लगी। चलते समय वह हलका-सा लँगड़ा रही थी। हलका-सा झुकी हुई थी। कुछ-कुछ तनी हुई भी थी।

मुझे ताव आ गया, ''ठीक है, तो तुम मरो। मैं जा रहा हूँ।'' मैं तेजी से अपने कमरे में पहुँचने के लिए लौटने लगा। उसने घबराहट के साथ पुकारा, ''सुनना।''

''क्या है?'' जहाँ था, वहीं से पीछे मुड़कर मैंने देखा।

''देखो तुम बहुत भले आदमी हो। बस एक ही खराबी है तुममें, भगवान को नहीं मानते।''

''और कुछ?''

''तुम फिर तुनक गए। तुम बृहस्पति का व्रत रखो। तुम्हारी मुसीबतें खत्म हो जाएँगी। तुम्हें नौकरी मिल जाएगी।''

''तुम बेवकूफ हो और बेवकूफ ही रहोगी। तुमसे तो बात करना फिजूल है।'' मैं उससे कुढ़कर आगे बढ़ गया। थोड़ी ही दूर गया कि पीछे मुड़कर देखने से खुद को रोक नहीं पाया। देखा, वह एकटक देख रही है। बड़ी-बड़ी आँखें डबडबा आई हैं और ऐसा था नहीं लेकिन मुझे लगा, उसके मत्थे का सूख गया खून गीला हो गया और हलका-हलका टपक रहा है। मेरी इच्छा हुई, उसके पास लौटूँ और माफी माँग लूँ। लेकिन मुझे ट्रेन पकड़नी थी और पड़ोस का बावला लड़का कमरे में बैठा मेरा इन्तजार कर रहा था।

मैं कमरे में आ गया। मुँह-हाथ भी नहीं धो सका था। लड़के से कहा, ''चलो।''

मालूम होता है वह भी सब देख रहा था, ''बोला, कहिए तो कल चला जाए?''

''क्यों?'' मैंने तेज आवाज में कहा।

वह खिसियाकर सामान उठाने लगा। मैं ताला लेकर बाहर आ गया, जो दबाने से बन्द हो जाता था और खींचने से खुल जाता था।

ट्रेन में मैं चिन्ता में डूबा, पढ़ाई की। हमसफरों से विचारोत्तेजक बातें की। मैं बदल गया था। प्रखर और ओजस्वी हो गया था। मेरे हृदय के ताख पर प्रेम और घृणा के दो चिराग जल गए थे।

9

मैं जैसे ही घर में घुसा, माँ का पहला वाक्य था, "बहुत दुबले हो गए हो।" मैंने हँसकर कहा, "जल्द ही तुम्हारे हाथ का बना खाकर मोटा हो जाऊँगा।" मैंने देखा कि मेरी इस बात पर वह कुछ खास खुश नहीं हुई। पहले बहुत खुश होती थी।

घर से बुलावा इसलिए आया था कि पिताजी रिटायर हो गए थे नौकरी से। मैं हतप्रभ था कि पिताजी अट्ठावन वर्ष के हो गए, मुझे इसका पता ही न चला। जब वे पहली बार बिम्ब बनकर मुझमें मौजूद हुए थे तो जैसे तब लगे थे वैसे ही हमेशा लगते रहे। हम माँ और पिता को एक बार जैसा पा लेते हैं हमेशा वैसा ही पाते हैं जबकि वे हमारे पिता न बन जाने तक हमारे एक-एक परिवर्तन पर नजर रखते हैं और खुश होते हैं। अपने नवजात बच्चे को कोई माँ जब रोज सुबह अपने पैरों पर लिटाकर तेल मलती है और उसे बीते हुए कल से थोड़ा-सा लम्बा और थोड़ा-सा फैला हुआ पाती है तो उस समय माँ एक बहुत छोटी बच्ची हो जाती है—एक बहुत बड़ी पूर्वज हो जाती है। उस समय संसार की सबसे ज्यादा सुखी और खुश आत्मा होती है वह। अपने उस थोड़े-से लम्बे और थोड़े-से फैले हुए—तेल पुते—बच्चे को जब अपने वक्ष से लगाती है, तो वह तितली बनकर फूलों के बाग में उड़ने लगती है। वह मछली बनकर नदी के भीतर तैरने लगती है।

"मैं चाय का पानी चढ़ा दूँ।" वह स्टोव जलाने लगी। मैं अपना झोला दीवार पर टिकाकर चारपाई पर बैठ गया। वोल्टेज कम था, इसलिए पंखा धीमा चल रहा था और बल्ब मामूली रोशनी दे रहा था। माँ ने स्टोव पर पानी चढ़ा दिया। मैंने उससे पूछा, "और कोई नया समाचार तो नहीं है?"

माँ के होंठ फड़फड़ाए लेकिन वह चुप लगा गई और बहाने के लिए स्टोव में हवा भरने लगी। जबकि वह अच्छा-खासा जल रहा था।

मैंने पूछा, "तुम्हारी तबीयत कैसी है, आजकल?"

"जैसी थी वैसी ही है।" माँ के घुटनों में तेज दर्द होता है। कभी भी उसका इलाज ठीक ढँग से नहीं कराया गया।

माँ नाराज है क्या? कैसा रूखा व्यवहार कर रही है? यह सोचते ही मुझे याद आया, मैं कितने दिनों बाद घर आया हूँ? कितने दिनों बाद?

मुझमें माँ-पिताजी को लेकर एक प्रगाढ़ अपनापा फैलने लगा। एक विह्वलता से भर उठा मैं। ताज्जुब हुआ, इतने दिनों बाद घर लौटने के बावजूद मैं अभी तक माँ-पिताजी को लेकर भावमय क्यों नहीं था?

माँ ने चाय का पानी उतारकर छाना फिर एक कटोरी में जरा-सी चाय उड़ेली और पीकर चीनी का जायका लिया। वह जब मुझ पर ज्यादा प्रसन्न होती है, तो ऐसा करती है। पर ऊपर से तो वह रूखी नजर आ रही थी।

जब वह मेरे सामने चाय ले आई तो मैं शर्मिन्दगी से भर उठा। कारण यह था कि पिताजी को चाय का बेहद शौक है। चाय देखकर उनका खयाल आया और यह भी खयाल आया कि अभी तक मैंने पिताजी के बारे में कोई जानकारी नहीं की थी। उनके बारे में माँ से एक शब्द नहीं पूछा। जबकि रात का वक्त था और अभी तक वह घर में नहीं थे। वैसे वह एक क्लर्क होने के नाते प्रायः घर रात गए आते थे, लेकिन आज रात कुछ ज्यादा ही गहरा गई थी।

मैंने शर्म से भरकर पूछा, "पिताजी अभी नहीं आए कचहरी से?"

"अब कैसी कचहरी?"

"क्यों? क्या हुआ?" मैं डर से काँप गया। साँस की कदमताल गड़बड़ हो गई।

"रिटायर हो गए नौकरी से तुम्हारे पिताजी।"

मैं स्तब्ध रह गया। धक्का लगा। एक हलचल घुमड़ने लगी भीतर। घर में यह बड़ी और बेतुकी घटना घटी और मुझे कोई खबर नहीं। हलका-सा दुख भी हुआ कि पिताजी ने मुझे इस काबिल भी नहीं समझा कि यह जानकारी दे देते। मैं माँ से मुखातिब हुआ। मुझमें और पिताजी में एक बात समान थी कि वह मुझ पर गुस्सा हों या मैं उन पर—उन्हें मुझसे शिकायत हो या मुझे उनसे—हम आमने-सामने नहीं इजहार करते। माँ हमारी अभिव्यक्ति का माध्यम बनती। तो मैंने माँ से कहा, "यह बात एक छोटी-सी चिट्ठी से मुझे बतला सकते थे पिताजी!"

"इसीलिए उन्होंने बुलवाया है तुम्हें।"

माँ पिताजी का नाम नहीं लेती। वे, वो, उन्होंने, उन्हें आदि सर्वनामों से काम चलाती है। माँ ने कहा, "अब आगे क्या हो, कैसे क्या किया जाए—इन्हीं सब पर बात करने के लिए बुलवाया है तुम्हें।" माँ रोने लगी। उसका स्वर ममता और करुणा में ठिठुरा हुआ था।

मैं परेशान हो उठा। एक तो माँ को रोना देखकर, दूसरे आगंतुक मुसीबत देखकर और तीसरे पिताजी से कैसे बात हो सकेगी। उनसे मैं वैसे ही बात करने से कतराता था, फिर इस विकराल मुश्किल पर कैसे कह-सुन सकूँगा?"

वाकई हमारा घर मुश्किल में पड़ गया था। हम सरकारी कालोनी में किराएदार थे। वैसे हम लोगों का गाँव भी था, लेकिन वहाँ हमारे खेत बिक चुके थे और मकान दुर्दिन में था। इसलिए मुसीबत थी कि अब पिताजी और माँ के लिए छत कहाँ होगी? अब तो छोटे-से शहर में भी मकानों का किराया चौंकानेवाला है।

"आजकल क्या कर रहे हो?" यह सवाल मेरे लिए सबसे ज्यादा हिंसक, क्रूर और दैत्याकार था। जब भी कोई मुझसे पूछता, मैं लहूलुहान और कुचला हुआ हो जाता। बस एक घर ही है, जहाँ मैं

सुरक्षित रहता हूँ। माँ-पिताजी ने कभी नहीं पूछा, मैं क्या कर रहा हूँ आजकल। लेकिन अब जब पिताजी कहेंगे, 'अब हम कहाँ रहेंगे?' तो मैं क्या जवाब दूँगा? आज यदि मैं नौकरीशुदा होता, तो यह जद्दोजहद न होती। पर, कौन कहे पिताजी का बोझ हलका करने को, मैं खुद उन पर बोझ बना था।

तीर्थस्थलों में मेरा कोई विश्वास नहीं और न माँ-पिताजी की कोई दिलचस्पी रही है, लेकिन माँ को बम्बई देखने की बड़ी ख्वाहिश रही है और पिताजी को कश्मीर और दिल्ली की। पहले मैं सोचता था, नौकरी मिलने पर दोनों को ये जगहें तो दिखाऊँगा ही और भी शहरों में ले चलूँगा। पर मेरी यह स्थिति–मैं उन्हें इस शहर में ही टिके रहने में कोई मदद देने में लाचार था। कहाँ हम आसमान देखना चाहते थे और कहाँ जमीन की ही दिक्कतें।

"क्या सोचने लगा?" माँ जिसने सब्जी छौंक दी थी, बोली। कुछ उसकी आवाज से, कुछ सब्जी की छौंक से मेरी तन्द्रा टूटी। मैंने कहा, "कुछ नहीं, बस ऐसे ही।" सवाल करने के बाद वह मसाला भूनने में मशगूल हो गई थी इसलिए उसने मेरा जवाब सुना नहीं। हालाँकि उसका सवाल भी बेमतलब था और जवाब भी। मैं उसे मसाला भूनते हुए देखने लगा। मसाला कुछ ज्यादा ही था। शुरू की ही आदत हैं, मेरे बाहर से आने पर माँ भोजन खास बनाती। ममता और सामग्री दोनों का ही परिमाण बढ़ा हुआ होता। माँ के हाथों से पके हुए खाने में एक अबूझ-सी खुशबू और स्वाद होता है, जो कहीं और नहीं होता। संतति के लिए माँ के हाथ का बना भोजन अद्वितीय होता है।

शायद मैं गलत सोच रहा हूँ। हर संतति के लिए माँ के हाथ का स्पर्श अद्वितीय होता है। हम बड़े हो जाते हैं तो माँ हमें दूर से दुलारना शुरू कर देती है। नजदीक नहीं आती। बड़ा होने पर वह हमारे मत्थे को छुए, हमारे हाथों को अपने हाथों में ले–तो कैसा लगेगा? खुरदुरा और रूखा लगेगा–लेकिन इसके अलावा कैसा लगेगा?

"जाओ, नहा-धो लो। शरीर हलका हो जाएगा और तुम्हारा दिमाग भी।" माँ ने हँसकर कहा।

मेरी भी नहाने की इच्छा थी लेकिन उठने का मन नहीं हो रहा था।

मैं उसी तरह बैठा रहा और माँ के चेहरे को देखने लगा।

माँ की सुन्दरता की मुझे याद नहीं। क्योंकि जब मैं स्मृति को सँजोने लायक हुआ, तब तक वह अपनी भव्य सुन्दरता खो चुकी थी। अब उसमें विनत अकड़ और लोगों को प्यार करने की भावना थी, बस।

''लगता है, तुम नहाओगे नहीं, तो मैं नहा लेती हूँ। दस बजे नल चला जाएगा। मैं नहाकर आती हूँ। तुम बीच में सब्जी चला देना।''

माँ के जाते ही वोल्टेज एकाएक बहुत तेज हो गया और तुरन्त कम होकर पहले से भी मद्धिम हो गया। उस हलके आलोक में मैंने घर को देखा। मुझमें इस घर को लेकर अद्भुत किस्म का आकर्षण जग गया। महसूस हुआ, ये दीवारें, छत, फर्श सब मेरे हैं। हमने इनके साथ कितने वर्ष गुजारे। कितनी बार इन दीवारों का चूना हमारी कमीजों पर लगा होगा। कितनी बार हमारे सिर का तेल उन पर पुता होगा। मेहमानों के आने पर हम इसकी फर्श पर चद्दर बिछाकर लेटे हैं। छत पर मेरी कितनी पतंगे कटी हैं। मैंने कितनी पतंगें काटी हैं। माँ ने अचारों-बिस्तरों को बहुत बार धूप खिलाई है। पापड़, चिप्स, बरी सूखे हैं। छत पर हमारी ठंड सूखी है। हमारा पसीना सूखा है। कपड़े सूखे हैं। गर्मी बीती है। हमारा जाड़ा बीता।

और यह घर छूट जाएगा। घर छूट रहा था, इसलिए उसको लेकर हमारा अनुराग अपनी गुफा से बाहर निकल आया था। हमारे प्रेम और घृणा की मात्रा दोस्त-दुश्मन से बिछुड़ते वक्त असली होती है।

कुंडी खड़क रही थी...। मैं समझ गया, बाबूजी आ गए हैं। वे कुंडी तब तक पीटते हैं, जब तक कि दरवाजा खुल नहीं जाता है।

मैंने दरवाजा खोला, ''नमस्ते पिताजी।''

''खुश रहो।'' उनके दोनों हाथों में झोले थे।

भीतर आकर उन्होंने झोले रखे और पूछा, ''कब आए?''

''बस थोड़ी देर पहले।''

वह पहले पूछते थे कि किसी नई वैकेंसी के लिए फार्म भरा कि

नहीं? कोई इम्तिहान तो नहीं हुआ इस बीच? कुछ जो इम्तिहान दिए थे उनके रिजल्ट अभी आए या नहीं? लेकिन अब वह ऐसा कुछ भी नहीं पूछते। मुमकिन है उम्मीद छोड़ चुके हों। मेरी मौजूदा दशा को नियति मान बैठे हों। पहले मेरे निकम्मेपन पर कुपित होते थे। अब खामोश रहते।

माँ नहाकर आ गई। उसके चेहरे पर पानी था। पिताजी के चेहरे पर पसीना। पंखा धीमा था। माँ बेना लेकर हवा करने लगी। इस तरह कि मुझे और पिताजी दोनों को ठंडक मिले। पिता के बाल पसीने से गीले थे। इसीलिए मेरे बाल रुक-रुककर उड़ रहे थे, पिताजी के नहीं।

माँ ने कहा, ''लो तुम पंखा झलो। मैं इनके लिए पानी लाती हूँ।'' मैं पंखा झलने लगा। माँ की ड्यूटी सँभाल ली।

माँ तश्तरी में बिस्कुट और गिलास में पानी लाई। पिताजी ने चार बिस्कुट खाने के बाद पानी पी लिया।

''ये काम कैसा है? मन लग रहा है?'' माँ ने पूछा।

''नया है। इसीलिए देर हो जाती है।''

''कैसा काम?'' मैं चौंक पड़ा।

''तुम्हारे पिताजी ने एक प्राइवेट दफ्तर में काम पकड़ लिया है।'' माँ उदास होकर बोली।

''अब इस उम्र में काम करना पड़ रहा है।'' मुझमें शर्म और उदासी भर गई थी, ''क्या बताऊँ सब मेरी वजह से हो रहा है। आज मैं कुछ करता-धरता होता तो पिताजी को...।'' मेरी जबान फँस गई। लगा, आगे बोलूँगा, रो पड़ूँगा—भेद खुल जाएगा।

पर भेद खुल चुका था। माँ और पिताजी जो चुप थे, अब चुप लगने भी लगे।

दो-तीन मिनट तक कोई किसी से बोला नहीं। परस्पर आँखें चुराते रहे। तभी हुआ क्या, पिताजी उठे—मेरे पास आकर बैठ गए। मुझे बाँहों में भर लिया, ''तू मेरा बेटा है...तू मेरा बेटा है...।'' मुझे रुलाई आ गई। माँ भी रोने लगी। पिताजी भी आँखें पोंछ रहे थे। रोने से एक प्रकाश-सा प्रस्फुटित हो रहा था। घर किसी बुजुर्ग की तरह

था। वह आशीष दे रहा था जैसे।

पिताजी ने मुझे और जोर से भींचा, फिर उठ खड़े हुए। मैंने पाया, उनकी बाँहें बलिष्ठ हैं। यह मेरा भ्रम था क्योंकि उनके शरीर की चमड़ी कुछ-कुछ झूलने लगी थी अब। मैंने उन्हें गौर से देखा। लगा, वह एक किसान हैं। सचमुच के किसान। वह मुझे किसान की तरह दिख रहे थे। मुझे महसूस हुआ, जो आदमी जिन्दगी में हमेशा काम करता है। थकता नहीं कभी—वह किसान है। पिताजी भी किसान हैं।

माँ ने पिताजी को नहाने की याद दिलाई और कहा, ''तब तक मैं चाय बनाती हूँ और रोटियाँ सेंकती हूँ।''

पिताजी नहाने चले गए और मैं माँ को रोटियाँ सेंकते हुए देखने लगा। तवा के साथ-साथ माँ भी लाल हो रही थी। स्टोव की लपट और मौसम की उमस ने माँ का नहाना नष्ट करना शुरू कर दिया। स्टोव जल रहा था। माँ सुलग रही थी। वह पसीने में धुँधलाती जा रही थी। मैं हाथ-पाँव-मुँह धोने लगा।

फुर्सत पाया, तब तक पिताजी भी आ गए थे। हम दोनों खाने लगे। माँ हमेशा बाद में खाती। आज मेरे मन में पहली बार यह इच्छा जन्मी कि माँ भी हमारे साथ खाती तो कितना अच्छा लगता। माँ ना...ना...करती रह जाती पर मैं उसकी थाली में एक रोटी डाल ही देता। मैं कहता, ''माँ, दाल ज्यादा लो। पी लो। दाल में प्रोटीन बहुत ज्यादा होती है।''

''प्रोटीन क्या है?'' वह कहती।

''अमृत।'' मैं हँसकर जवाब देता।

लेकिन वह रोटियाँ सेंक रही थी। तवा के साथ काली हो रही थी। तवा के काला में लाल छिपा होता है। माँ में भी लाल छुपा था। मैं कई महीने बाद घर का अन्न खा रहा था। मैंने दो रोटियाँ खा लीं। माँ ने तीसरी रोटी दी, वह दो रोटियों के आटा से बनी एक रोटी थी। पिछले दिन याद आ गए और मैं भींग गया। लेकिन मुझे मजा भी आया। मुस्कराकर बोला, ''पतली ही बनाओ। आज मैं माँग लूँगा।''

माँ ने मुझे देखा, जैसे मुझे सींग निकल आई हो। वह थोड़ी-सी

खुश हुई, फिर शरमा कर बेलन तेज-तेज चलाने लगी।

खा-पीकर पिताजी बिस्तर पर आ गए। मुझमें मेरा बचपन चहल-पहल करने लगा।

बचपन में मैं रोज रात पिताजी के पाँव दबाता। यह काम बहुत उबाऊ था। पर पिताजी थे, ना कहने का नाम न लेते। मुझे लगता, वह सो गए और मैं फूटने ही वाला होता कि वह मुझे पुकार बैठते।

आज बहुत ख्वाहिश हो रही थी चलकर पिताजी के पैर दबाऊँ। लेकिन झिझक भी उतनी ही थी। झिझक जीती। मैं सोने की कोशिश करने लगा।

आँख लगने ही वाली थी कि पिताजी ने पुकारा। जैसे बचपन में पुकारते थे।

''जी।'' मैंने कहा। मैंने इस तरह कहा जैसे बचपन में कहता था।

''बेटा, आदमी को कभी थकना नहीं चाहिए।''

वह चुप हो गए। मैं भी चुप। स्तब्ध।

मुझे लग रहा था आज इस समय मेरा बचपन खत्म हुआ है और अब पहली बार मैं जवान हुआ हूँ। आज तक मैं बच्चा था या बूढ़ा। यौवन की धूप पहली बार सुलग रही है। मुझमें कुमार छाने लगा।

नींद उचट गई थी अब। ''बेटा, आदमी को कभी थकना नहीं चाहिए।'' मैं उत्साह से भर गया पर यह भी लगा, मैं फिजूल में खुश हूँ। मैं काल्पनिक दुनिया बनाकर सुख पाना चाहता हूँ, जबकि सुख प्राप्ति के ठोस स्त्रोत हैं, जो मेरे पास नहीं हैं। मैंने अनुभव किया, मैं बुरी तरह थक गया हूँ। शताब्दी की थकान से मैं भरा हूँ और थका ही रहूँगा। मैं टूट चुका हूँ और अब अपने लिए ही लड़-भिड़ नहीं सकता, तो औरों के लिए...

''इधर तुम्हारी कुछ कविताएँ वगैरह इस बीच कहीं छपीं?'' माँ थी।

मैं चुप लगाए रहा। जवाब सीधा था पर नामालूम क्यों मेरी बोलती बन्द हो गई थी।

"बोलो भाई, चुप क्यों हो?" पिताजी ने कुरेदा।

"मैंने लिखी ही नहीं।"

"क्यों?"

मैं चुप रहा। मेरी चुप्पी ने माँ और पिताजी को सब समझा दिया। वे भी चुप हो गए।

थोड़ी देर बाद पिताजी ने माँ से कहा, "बिजली बुझा दो।" माँ ने उठकर बिजली बुझा दी। वह अपने बिस्तर की तरफ जाने लगी। पिताजी ने टार्च जलाकर रोशनी उनके रास्ते में फेंकी। पिताजी हमेशा तकिए के बगल में टार्च रखकर सोते। अँधेरे में चलते तो पैर पटक-पटककर। हालाँकि मौका आने पर उन्होंने साँप मारे थे। खतरनाक साँप। मरे हुए साँप को जला डाला था।

बल्ब ने बुझकर अँधेरा कर दिया। अँधेरे में फिर एक बार घर से मोह सुगबुगाने लगा। अँधेरे में घर जैसे बूढ़ा हो गया है। जैसे बूढ़े उदास और विचारमग्न होकर ठोढ़ी सीने से चिपका कर और बूढ़े हो जाते हैं, घर भी और बूढ़ा हो गया। दीवारें, दीवारों के छत फर्श के और फर्श छत के अधिक करीब आ गए हों जैसे। सब कुछ थोड़ा आगे की तरफ खिसक गया था। इस तरह भी महसूस होता था कि सब कुछ बहुत ज्यादा पीछे को खिसक गया हो। सब कुछ फैल रहा हो—फैल रहा हो। और अँधेरे में घर-घर न होकर विस्तृत सुनसान हो गया हो।

"सो गए हो क्या?" माँ ने पिताजी से पूछा था।

"नहीं तो।" कहकर पिताजी पहले की तरह हो गए जैसे जानते हों कि माँ आगे कुछ नहीं पूछेंगी। महज पूछने के लिए पूछा हो माँ ने।

कुछ वक्त बीता होगा कि माँ ने फिर पूछा, "सो गए हो क्या?"

"नहीं तो।"

कभी संवाद पलट जाता।

पिता कहते, "सो रही हो क्या?"

"नहीं।"

रात मैं देर तक जगता रहा और जब तक जगा, माँ-पिताजी का यह वार्तालाप थमा नहीं।

मैं जब से आया, तभी से देख रहा था। अब पक्का यकीन हो गया कि उम्र और हालात की इस बेला पर माँ-पिताजी की दोस्ती ज्यादा गाढ़ी हो गई है। बहुत ज्यादा खूब गाढ़ी। मेरे होंठों पर मुस्कान आई। शक्ति वाली।

10

सुबह की हवा में राघव, विनीता, मकान-मालिक की बीवी के झोंके घुले थे। जैसे भिगोकर रखे गए चनों में जोरदार अँखुए फूट आए हों।

सुबह मेरे लिए पुरानी के साथ-साथ नवीन भी थी। बहुत दिनों पहले ऐसा होता था और आज बहुत दिनों बाद हुआ था कि सुबह स्टोव नहीं जलाना था। आज मुझे चाय मिल गई थी और बिना मशक्कत के खाना भी हासिल होना था। चावल, दाल, रोटी, सब्जी और प्याज– सभी कुछ।

पहले मैंने सोचा था कि यहाँ बस घर में सिमटा रहूँगा। पर चूँकि सुबह मेरे लिए नवीन के साथ-साथ पुरानी भी थी। अधिक नहीं सिर्फ थोड़ी-सी पुरानी। ऐसा नहीं कि मैं कस्बे को लेकर भावुक हो गया था या मुझमें कस्बा घूमने का कोई उतावलापन और व्यग्रता समा गए थे। अगर कुछ था तो यह कि कस्बा मुझसे लुका-छिपी का खेल कर रहा था। वह झाँककर अदृश्य हो जाता और मैं घर से बाहर निकलने के लिए विवश हो उठता। बाहर निकलने में बाधा यह थी कि इस छोटी जगह पर परिचितों से तो मुठभेड़ शर्तिया बात थी जबकि उससे मैं बचना चाहता था। इसीलिए घर के दुर्ग में ही रह जाना चाहता था, पर कस्बा था कि झाँककर अदृश्य हो जाता था। मैं घर से बाहर निकलने के लिए विवश हो रहा था...।

घर से निकलकर थोड़ी ही दूर चला था कि सक्सेना और मुईद आते दिखे। मैं जान गया कि पड़ोस का लड़का अपना काम कर बैठा है। उसने खबर बाँट दी मेरे आने की। पर इससे अचम्भा भरी खुशी भी हुई कि इन बेरोजगार दोस्तों में अपने एक वैसे ही दोस्त से मिलने की ललक की रोशनी अभी बुझी नहीं है। उनका यह अपनापा भला लगा। हम तीनों आमने-सामने हुए तो हलका-सा हँसे। लेकिन हमारी हँसी में उत्साह नहीं था।

''हम दोनों तुम्हारे घर ही आ रहे थे।'' मुईद बोला।

''तो चलो फिर चलते हैं।'' मैंने औपचारिकता में कहा। जबकि मेरा मन ऐसा नहीं कर रहा था।

''नहीं, निकल आए हो तो चलो घूमते हैं कहीं।'' सक्सेना ने मुझे बचा लिया।

घर जाने में हिचक का एक कारण यह भी था कि बेरोजगारी के बाद हम घरों पर दोस्तों को बुलाने-बतियाने से कतराने लगे थे। हम अनुभव करते कि हम बोझ हैं। दोस्तों के लिए चाय बनाने के लिए कहने में हमारी जान निकल जाती। फिर भी नहीं कह पाते। किसी तरह कहा भी तो जो चाय पीते उसका जायका ही लापता हो जाता।

हालाँकि आज मैं दोस्तों के साथ घर पर होता तो बहुत मुमकिन है, माँ खुद ही चाय बना देती, मगर सचमुच मेरा मन लौटने को नहीं हो रहा था। जबकि सक्सेना ने पहले वाली बात समझकर वापसी से बचाया।

हम आगे बढ़े। कस्बा बदल रहा था। नगरपालिका ने खूब सारी दुकानें बना दी थीं। जिस सड़क पर देखो, दुकानें। दुकान-ही-दुकान। कस्बे की लड़कियाँ अधिक सुन्दर हो गई थीं। मेरे शिक्षा-काल में शहर में एक-दो सुन्दर लड़की होती थी जो मशहूर होती थी, पर अब कई थीं। लड़कियों ने सँवरना सीख लिया था। लड़के मुझे अच्छे नहीं लगे। उन्होंने फैशन तो अख्तियार किया था लेकिन वह उन पर फब नहीं रहा था। वे शक्ल से नशाखोर और अस्थिर दिख रहे थे। और लोग भी, बड़े-बूढ़े-जवान सभी अपनी-अपनी दौड़ में बदहवास मिले। पर एक बात

समझ में नहीं आ रही थी, दीवारों पर नारे और पोस्टर बेतहाशा थे। महँगाई, अन्याय, तानाशाही, जुल्म, दंगों के खिलाफ जोशीले पोस्टर और नारे। कौन लिखता और चिपकाता होगा इन्हें?

"चलो हम कहीं चाय पीएँ।" मैंने प्रस्ताव रखा। मेरी जेब में चाय के पैसे थे।

दोनों टालमटोल करने लगे। शायद उनके मन में था कि चाय उन्हें पिलानी चाहिए और इसमें वे समर्थ नहीं थे।

मैंने झाँसा दिया, "मेरे पास पैसे ज्यादा हो गए हैं, इसलिए तुम दोनों को पीना ही पड़ेगा।" यह कहकर मैं जोर से हँस पड़ा जिससे यह भ्रम न हो कि मेरे पास पैसे नहीं हैं और उन्हें आभास भी हो जाए कि चाय मेरी तरफ से है।

हम एक चाय की दुकान पर आए। हाँ तो, कस्बा बदल रहा था। दो रेस्तराँ अच्छे-खासे खुल गए थे। पर शेष चाय की दुकानें पहली की सूरत में थीं। विचित्र बात थी, कपड़े, गहने, बर्तन, नाई, सब्जी, खिलौने आदि की दुकानों का जलाल बढ़ा था—नफासत बढ़ी थी, मगर चाय की दुकानें पहले जैसी—मैली और मरी हुई सी।

मैंने पूछा, "कुछ खाओगे?"

"नहीं।" इस वार्तालाप में दोनों पक्षों ने अपनी-अपनी औपचारिकता पूरी की थी।

दुकान का छोकरा चाय रख गया। चाय गर्म थी। भाप उड़ रही थी। हम चुप हो गए थे। कुछ सूझ नहीं रहा था कि क्या बात करें। जबकि बातें करना जरूरी था, अन्यथा यहाँ से निकलने के बाद हमारी बची-खुची जिजीविषा और कम हो जाती।

मैंने सोचा कि क्या बात करूँ? तय किया, कस्बे के बारे में इनसे पूछूँ। कस्बे में क्या-क्या सुगबुगा रहा है? कस्बे की हाँड़ी में कितने चावल पके हैं और कितने कच्चे हैं?

"और बतलाओ। इस कस्बे में क्या-क्या परिवर्तन हो रहे हैं? यह कितना नया हो सका है और कितना पुराना ही है?"

सवाल सक्सेना से मुखातिब था। वह परेशान होकर इधर-उधर

देखने लगा जबकि एक समय वह समाजशास्त्र का टापर था।

मैंने उसे फिर कुरेदा, ''बोलो यार सक्सेना?''

मुईद ने बड़ी ठंडी आवाज में कहा, ''तुमने कस्बे के बारे में जो सवाल किया है, वही तुमसे इलाहाबाद के बारे में करूँ, तो क्या तुम जवाब दे सकोगे?''

मुझे पसीना आ गया। बिलकुल निरुत्तर था। लग रहा था, साँस रुक जाएगी। किसी तरह कह सका, ''नहीं।''

मुईद को लगा होगा, माहौल कड़वा हो गया है। उसने कहा, ''कोई बात नहीं यार एक दिन सब ठीक हो जाएगा। हम भी खुश होंगे।''

''यही कहते, तुम्हारे दस साल बीत गए।'' सक्सेना चिढ़कर बोला। हालाँकि वह आवेश में कम आता था।

''बीत गए तो बीत गए, लेकिन अभी हमारी जिन्दगी खत्म नहीं हुई।''

''यह भी एक दिन इसी तरह खत्म हो जाएगी।''

''तुम पर बहुत जल्दी नाउम्मीदी तारी हो जाती है।''

''ठीक है, मैं मान लेता हूँ कि हम इसी क्षण करोड़पति हो गए हैं। दुनिया का सारा ऐश्वर्य हमारे चरणों में आ गया है।'' सक्सेना की आँखों में क्रोध और आँसू एक साथ जल रहे थे, ''पर एक बात बताओ, हमारे जो इतने साल बरबाद हुए, उसे कौन वापस करेगा? इन वर्षों में हमने जिन्दगी को जिन्दगी नहीं जाना। हमने नहीं जाना कि सुख क्या होता है? हमने नहीं जाना–सुकून क्या है। उस समय को फिर से कोई वापस देगा? वे दिन जब हम अपने आदमी होने को सबसे ज्यादा शिद्‌दत से महसूस कर सकते थे। लोगों के सामने उसे सिद्ध कर सकते थे–वे दिन बेमतलब के बीत गए। वह वक्त हमें फिर मिल सकता है? यदि ब्रह्मा या यमराज जो भी हों, कहें हमारी उम्र दस वर्ष बढ़ गई तो भी बात बन नहीं सकती। हमारे खराब हुए वर्ष यौवन के वर्ष हैं, दान दिए वर्ष तब के होंगे जब कोई मृत्यु का इन्तजार करता है, जिन्दगी का नहीं।'' बोलते समय उसके गले की नसें नीली प्लास्टिक की रस्सी की

तरह दिख रही थीं।

सबकी चाय मेज पर पड़ी थी। सभी ने चुपचाप गिलास उठा लिए। सब चाय पी रहे थे और खामोश थे।

कुछ देर बाद मैंने मुईद से कहा, ''तुम्हारे घर में सब ठीक हैं?''

''फिजूल के सवाल और जवाब में दिलचस्पी नहीं रखनी चाहिए।''

मैं थोड़ा-सा खिसियाया और बातचीत के मेरे पैरों ने अपने को सिकोड़ लिया।

''बेहतर हो तुम, पुराने दोस्तों के बारे में जानो।'' मुईद ने सलाह दी।

''क्यों क्या हुआ? खास कुछ हुआ क्या?''

''पिछले साल, नवम्बर में देवेन्द्र ने आत्महत्या कर ली।''

''क्यों...कैसे...?'' मुझे लगा खून का बहुत बड़ा थक्का मेज पर आ गिरा हो और फड़फड़ा रहा हो।

''क्यों क्या, जिस लिए नौजवान मरते हैं। राखी में बहन नहीं आई तो वह बहन के घर राखी बँधाने खाली हाथ गया था। बहन ने राखी बाँध दी और कहा, तुम हमारी हँसी क्यों उड़वाते हो? वह दरअसल उसी क्षण मर गया था लेकिन उसने आत्महत्या रास्ते में की। हालाँकि बहन कोई अकेली वजह नहीं थी। बहन की तरह बहुत लोगों ने उसे मारा था। वह बहुत बार मरा था लेकिन आत्महत्या उसने रास्ते में की।''

मैं शोक में भींग गया। साथ में थरथराहट से भर उठा। बड़ी तेजी से मदन, सोमेश आदि की याद आई। पता नहीं वे सब कैसे होंगे? क्या कर रहे होंगे? कोई मर तो नहीं गया? मैं सिहर उठा और जैसे खून का दूसरा बड़ा थक्का मेज पर आ गिरा हो और फड़फड़ा रहा हो। मैं अपने दोस्तों की दुनिया में घुसना चाहता था, पर दोस्त थे कि गुम हो गए थे। हम सभी बड़ी-बड़ी सलाखों के भीतर थे। बाहर एक हलचलमय रोचक दुनिया थी और हम सलाखों के पीछे गिरफ्तार थे।

''और तुम्हारे क्या हाल-चाल हैं?'' सक्सेना रूबरू हुआ।

"ठीक हैं, और तुम्हारे?"

"मेरे भी ठीक हैं।"

"और यार कोई पिक्चर-विक्चर देखी?"

"कहाँ यार, बस टी.वी. पर देखी थी।"

"दोस्तों की गृहस्थी वगैरह बसी?"

"अभी सब अपने लोगों की तरह हैं? सब दुनिया ऐसे ही है।" सक्सेना यती-फकीर की तरह आसमान देखने लगा।

मैं समझ नहीं पा रहा था, कहाँ हम गहरे दुखों का वर्णन कर रहे थे और कहाँ ये निरर्थक संवाद। कैसे और क्यों हुआ ये सब? कहीं ऐसा तो नहीं, इन बेमतलब से टुकड़ों से हम दुःख की भयावहता को ठेल रहे हों...।

"अच्छा अब चला जाए।" मुईद उठ खड़ा हुआ।

"क्यों, जल्दी में हो क्या?"

"हाँ, मुझे गेहूँ पिसाना है।"

"और हमें सब्जी ले जानी है।" सक्सेना भी उठ गया।

तीन लोगों की चाय के डेढ़ रुपये हुए। मैंने पैसे चुकाए। एक चाय पचास पैसे की। ज्यादा महँगी नहीं हुई। हमलोग जब पहली बार दुकान की बेंच पर चाय पीने बैठे थे तब चाय पच्चीस पैसे की थी। जबकि उन्हीं दिनों हमने सिनेमा देखना शुरू किया था जिसका सेकेंड क्लास का दाम नब्बे पैसा था। अब चार रुपये है। वाकई महँगाई बढ़ती जा रही है। बढ़ती जा रही है।

बाहर निकले तो हमारे बीच फिर एक बार चुप्पी छा गई। लेकिन उन दोनों को देखकर लग रहा था, यह चुप्पी कुछ कहने का पूर्वाभ्यास था। मैं इन्तजार करने लगा उनका।

"यार, मेरा एक काम है, एक फार्म जमा करना है।"

"मेरा भी वही काम है।"

मुझे तकलीफ हुई, ये दोस्त होकर भी इस मामूली काम के लिए संकोच कर रहे थे। मैंने कहा, "ये भी कोई काम है?"

उन दोनों ने अपने-अपने लिफाफे निकाले। मैंने ले लिए।

"देखो भाई खोने न पाए।" मुईद की आवाज यूँ लहरा रही थी, जैसे फार्म गुम होने का किस्सा बयान कर रहा है।

सक्सेना उठते हुए बोला, "कब जाओगे इलाहाबाद?"

"परसों।"

"उसी दिन तो लास्ट डेट है जमा करने की।" मुईद बहुत धीमे पर बहुत गहरे से बोला।

"मैं उसी दिन जमा कर दूँगा। जाते ही। पर तुमने पहले क्यों नहीं डाक से भेज दिया? मान लो मैं न आता तो?"

"बैंक ड्राफ्ट लेने के पैसे नहीं थे हमारे पास।"

"कोई बात नहीं, अब निश्चिंत हो जाओ।"

वे दोनों निश्चिंत हो गए और मुझसे फरार होने का उपक्रम करने लगे।

अब हम रेलवे स्टेशन के करीब आ गए थे। किसी ट्रेन का वक्त नहीं था शायद, इसीलिए निपट सुनसान था। अचानक मैं चौंक पड़ा, दीवारों पर कई जगह गुस्से को उजागर करनेवाले नए नारे लिख उठे थे। आते समय ये नहीं थे और अब थे। अभी-अभी एकदम ताजे थे ये नारे। लाल रंग से लिखे गए ये नारे लाल तरबूज की तरह अनगढ़ मगर कलात्मक थे।

आँखों को ठंडक और स्वादबोध को मिठास दे रहे तरबूज की तरह थे।

मैंने पूछा, "इन नारों को यहाँ कौन लिखता है? जहाँ से गुजरो, वहीं ऐसे नारे। आखिर कौन लिखता है?"

"पता नहीं।"

सामने चौराहा था, वहाँ से उन्हें और मुझे अलग होना था। उनके अलग होने के बाद मैं अकेला था। मेरे सामने भरा-पूरा दिन था।

तभी सामने से पिताजी के एक दोस्त आते दिखे। मैंने रास्ता बदल दिया। तेजी से। ये उपदेश और मशविरा देने में माहिर थे। न भी कोई माहिर हो, हमें ध्वस्त करने के लिए बस इतना ही काफी है कि कोई हमसे पूछे कि हम क्या कर रहे हैं?

मैं कुछ भी तो नहीं कर रहा। पहले कविताएँ लिखता था। देश-विदेश का साहित्य पढ़ता था, मगर सब बन्द है। कितने दिनों से बन्द है सब। सोचा था, नौकरी पा लूँ, तब इत्मीनान से लिखना-पढ़ना होगा। पर वह दिन नहीं आया तो नहीं आया। मेरे जीवन के इतने सारे दिन फालतू में गुजर गए। एक समय था मुझे अपने में कितना विश्वास था। लोगों को मुझमें कितना विश्वास था, लेकिन मैं कुछ भी नहीं हो सका। मेरे जीवन के इतने के इतने वर्ष ऐसे ही बीत गए।

मैं पश्चात्ताप, शर्म और दशहत से भर उठा। लग रहा था, अभी रो पड़ूँगा या बेहोश हो जाऊँगा।

मेरे सामने भरा-पूरा दिन था। सवाल था कैसे बीतेगा वक्त? किसी के घर जा नहीं सकता क्योंकि वहाँ हाल-चाल बतलाना पड़ेगा। पहले पढ़ाई के दिनों में दोस्तों के घर जाने पर कितना प्यार मिलता था। आदर भी मिलता था, पर बाद में सब नष्ट होने लगा। अब दोस्त के माँ-बाप देखकर बुझ जाते। रिश्तेदारों के घर जाओ, तो वे ऐसा महसूस करें, जैसे उन्हें मनोरंजन मिल गया हो या बोझ। पड़ोसी के यहाँ पहुँचो तो चाय पिलाएँ और तड़ाक से एक काम पकड़ा दें, कोयला लेते आओ। कन्ट्रोल से चीनी लेते आओ। बच्चे को स्कूल पहुँचा दो।

मेरे भीतर जोर-जोर से आवाज आने लगी, भागो...भागो... भागो...। जैसे भी हो, इस कस्बे से भागो। मैं तेज-तेज चलने लगा सोचते हुए।

थोड़ी देर चलने के बाद सहज हुआ तो देखा, घर के रास्ते पर चल रहा हूँ।

11

माँ-पिता एक तरफ और मैं दूसरी तरफ। वे कहते, ''इतने दिनों बाद घर आए हो तो कुछ दिन रुक जाओ।'' मैं कहता, ''वहाँ ट्यूशन वगैरह छूट रहे हैं। कुछ और भी जरूरी काम हैं। अब तो मुईद और सक्सेना का फार्म भी जमा करना है।''

''फार्म तो कोई और भी जमा कर देगा।'' पिताजी ने तर्क किया।

''हाँ, पर और भी तो कई काम हैं।''

माँ निराश होने लगी तो उसने अंतिम हथियार चलाया, वह रोने लगी।

मैंने कहा, ''इसमें रोने की बात क्या है! मैं जल्दी ही फिर आऊँगा।''

''जरूर जल्दी आओगे। जैसे इस बार आए हो, पूरे डेढ़ साल बाद।'' वह धोती के पल्लू से आँखें पोंछने लगी।

''नहीं, अब मैं अक्सर आता रहूँगा। दशहरा में आऊँगा, तो दीपावली तक रहूँगा।''

''अच्छा चलो खाना खा लो।''

''पिताजी अभी थोड़ी देर पहले काम से लौटे हैं। वह शायद तुरंत न खाएँ।''

''हाँ, वह नहाएँगे। खाना बनने में भी कुछ टाइम तो लगेगा न।''

माँ उठी और पिताजी के झोले से सामान निकालने लगी। प्याज, नींबू, मिर्च और धनिया की पत्ती को एक तरफ कर लिया। उनसे वह सलाद बनाने लगी।

तापमान में गिरावट आ गई थी या क्या बात थी कि रोशनी पर मँडराने वाले पतंगे—जो दीपावली के बाद कम होते-होते लापता हो जाते हैं—छिटपुट ही थे। चन्द्रमा का एक टुकड़ा आसमान में था। इक्का-दुक्का तारे भी थे। नामालूम यह शुक्ल पक्ष की रात थी कि कृष्ण पक्ष की रात थी।

माँ ने सलाद बनाया। मूँग का पापड़ घर में नहीं था, आलू के पापड़ तले। दो सब्जियाँ थीं। दाल में घी था और कटोरी में सेंवई। चावल पतले धान के थे।

मैं और पिताजी पीढ़े पर बैठकर खाने लगे।

खाते हुए मैंने चुपके से पिताजी को देखा। वह पीढ़े पर पालथी मारकर बैठे थे। मैं ऐसे कभी नहीं बैठ पाता। तो वह बैठे थे। उन्होंने लुँगी पहन रखी थी। ऊपर कुछ नहीं पहना था। सिर्फ कन्धे पर एक तौलिया लटक रहा था। वह लम्बे हैं और तन कर बैठे थे। भोजन हाथ से उनके मुँह तक पहुँचता था। वे सिर को नहीं झुकाते थे। उनके सीने पर बड़े-बड़े बाल थे। पीठ में ऊपर जो दो चौड़े हिस्से होते हैं उस पर बाल थे। उन्होंने पानी पिया। वह मुझे पौरुष से भरपूर किसी योद्धा की तरह लगे। फिर मुझे बचपन याद आया जब पिताजी बड़ी-बड़ी मूँछें रखते थे। खाने-पीने के बाद मूँछों में कोई तरल पुत जाता। बाबा की मौत के बाद उन्होंने मूँछें साफ करा दीं।

मैंने चुपके से माँ को देखा, उसके हाथ आटे से पुते थे। वह अन्न को अग्नि में पकाने में डूबी थी। उसके चेहरे को देखकर एहसास होता था जैसे ट्रेन हो जो बहुत सारे यात्रियों को बिठाए गंतव्य की ओर जा रही हो। अहसास होता, चिड़िया है जो चोंच में फूस का तिनका दबाए घोंसला बनाने के लिए उड़ी जा रही है। गेहूँ का एक दाना दबाए घोंसले तक पहुँचने के लिए चलने-चलने को है। अहसास होता, चींटी है जो महीन-सा आटा फँसाकर वल्मीकि की ओर दौड़ रही है। लोग बताते हैं,

माँ पहले अतीव सुन्दरी थी। अब माँ ऐसी है जैसे रिटायर हो गए क्लर्क की बीवी। जैसे नौकरी पाने की उम्र पार कर गए बेटे की माँ। माँ ऐसी लग रही थी जैसे माँए लगती हैं। वह ऐसी स्त्री लग रही थी जैसे स्त्रियाँ होती हैं।

मैं खाना खाकर सेंवई खा रहा था। पिता सेंवई खाकर हाथ-मुँह धो रहे थे। सेंवई बड़ी अच्छी थी। माँ ने गाढ़ा दूध छोड़ा था। दूध में चिरौंजी और किशमिश थी। तालमखान का लावा था। सब्जियाँ भी अच्छी थीं। रोटी भी अच्छी थी, दाल अच्छी थी, चावल अच्छा था, सलाद था। पापड़ भी अच्छा था।

माँ ने पूछा, "कैसा बना है खाना?"

"एकदम अमृत। तुम्हारे हाथ का बना खाना तो हमेशा ऐसा होता है कि पूरा खा लो फिर उँगलियाँ चाटो।" मैंने थोड़ी-सी चापलूसी कर दी। अर्से बाद मैंने माँ की चापलूसी की थी। वह खुश हो गई।

"ज्यादा चापलूसी मत करो। फिर तुम उँगली कहाँ चाट रहे हो?" माँ हँस दी।

"मैंने अभी खाना खत्म कहाँ किया? थोड़ी-सी सेंवई दे दो।"

माँ हँसी और ज्यादा-सी सेंवई दे दी।

मैं खाकर उठा तो पिताजी चारपाई पर लेट चुके थे। करवट लेकर मुझे बड़ी ही ममता से देख रहे थे।

मेरे सम्मुख गुत्थी थी। यह कि हम दुर्दिन में थे–हमारी मुसीबतें प्रगाढ़ हुई थीं–फिर हमारे दिल इतने उजले और गुलाबी कैसे हो गए थे? हममें प्यार का जलभराव कैसे हुआ था? भावनाओं की भूमि उर्वर हो गई थी। घर की जलवायु खुशनुमा थी। कैसे?

यह सच है कि मेरे सम्मुख गुत्थी थी, पर मैं इसे सुलझाना नहीं चाहता था। मैं इसे और उलझाना चाहता था। मैं इसमें उलझ जाना चाहता था। फँस जाना चाहता था इतना कि मुक्त न हो सकूँ।

सुबह मुझे जाना था इलाहाबाद। तड़के–अलस्सुबह। माँ और पिताज़ी की ममता रोक रही थी पर मैं रुकने वाला नहीं था। क्योंकि बहुत बार इस ममता ने मुझे रोका था पर रुकने पर–अधिक दिनों तक

रुकने पर—मैं बरदाश्त के बाहर हो गया था। वे मुझ पर झुँझलाते और पछताते। रूखे हो जाते और पश्चात्ताप करते। काफी कुछ कठोर कह देते फिर सोचते अरे, यह क्या कह डाला? इसलिए और इसलिए भी कि कस्बा मेरा वाकिफ था। परिचित होना कितना अच्छा होता है! परिचित होना कितना खराब होता है!

मुझे सुबह चल ही देना था। मैं अपने बिस्तर की तरफ बढ़ा। बीच रास्ते में ही था कि पिताजी ने पुकारा। पास गया, बोले, ‘‘कुर्सी लेकर बैठ जाओ।’’ मैं कुर्सी लाकर बैठ गया। लुँगी पहने पिताजी भीष्म पितामह की तरह लग रहे थे। पराक्रमी और धीर-गम्भीर।

मैं बैठा तो वह थोड़ी देर चुप रहे फिर बोले, ‘‘तुम्हें बुलवाया था कुछ जरूरी बातें करने के लिए, लेकिन कोई बात हो नहीं सकी।’’ पिताजी से मेरा संवाद बहुत कम ही होता था। हम अपनी जरूरी बातें माँ की मार्फत कहलाते। आज लम्बे समय बाद वह मुझसे मुखातिब थे, ‘‘देखो अब तुमसे क्या छिपाना। रिटायरमेंट के बाद कुल चालीस हजार बचे थे। जिसमें नौ हजार के करीब पुराने उधार चुकाने में खर्च हुए। अट्ठाइस सौ में एक टी.वी. खरीद ली, सोचा कि समय कैसे कटेगा?’’

‘‘पिताजी, ये सब आप मुझे क्यों बता रहे हैं? जो किया आपने ठीक किया...।’’

‘‘सुनो तो पहले। तो इस वक्त मेरे पास लगभग सत्ताईस हजार रुपए बचे हैं।’’ वह चुप लगा गए, जैसे आगे कुछ कहने में हिचक रहे हैं।

‘‘तो?’’ मैंने उनकी हिचक तोड़नी चाही।

‘‘मतलब यह कि मैंने भी एक दूसरा काम पकड़ लिया है। आठ सौ रुपया मिलता है फिर पेंशन भी है। मैं कहना चाहता हूँ...कि आजकल हर जगह भ्रष्टाचार है, बेईमानी है। बिना पैसा-कौड़ी के कोई काम होता नहीं...तो ये जो सत्ताईस हजार हैं इनसे अगर कोई नौकरी मिल जाए तो बात करो...।’’ उनकी आवाज थर-थर काँप रही थी। वह कमोबेश हाँफ भी रहे थे।

इसका क्या जवाब था मेरे पास! नौकरी पाने की तो उम्र ही खत्म

हो चली थी। न घूस देकर पाने का सवाल था न ईमानदारी से पाने का। लेकिन मैंने उनसे कुछ कहा नहीं। चुप मारकर बैठा रहा।

"चुप क्यों हो? बोलो।"

"मैं अभी आता हूँ।" मुझे क्रोध आया और मैं माँ के पास पहुँचा, "मुझे यही बातें अच्छी नहीं लगतीं।"

"क्यों, क्या हुआ?"

"घूस देकर नौकरी पाने को कह रहे हैं।"

"बेटा, इस सब चक्कर में मत पड़ना। आदमी के असली साथ देनेवाले उसके हाथ-पाँव हैं। वही उसके असली साथी हैं अंतिम दम तक साथ निभाते हैं।" यह बिना पढ़ी-लिखी सूक्तियों वाली माँ थी। वह उठकर पिताजी को समझाने के लिए जा रही थी। घुटनों पर हथेलियाँ रखकर उठी थी और धीरे-धीरे चली जा रही थी।

थोड़ी देर बीती, मैं जाकर अपनी चारपाई पर लेट गया। अब मैं यहाँ से निकल जाने के लिए फड़फड़ा रहा था। चाहता था जल्दी से सुबह हो, मैं घर छोड़ दूँ इलाहाबाद के लिए।

अभी झपकी भी नहीं आई थी कि किसी ने बल्ब जला दिया। देखा माँ थी हाथ में तेल की शीशी लिए, "लाओ तुम्हारे सिर में तेल ठोंक दूँ। वहाँ कभी तुम्हारे बाल तेल का मुँह भी देखेंगे या नहीं।"

"मुझे तेल नहीं लगवाना है। मेरे सिर में बिलकुल दर्द नहीं है।" मैं डरता था क्योंकि मेरे बाल टूटते थे और तेल लगाने पर रगड़ से ढेर सारे बाल हताहत हो जाते।

"लगवा लो न।" माँ ने आग्रह किया।

"नहीं।"

"अच्छा नखरा मत करो ज्यादा। लाओ लगा दूँ।"

मुझे झुँझलाहट-सी हुई। मैं चिल्लाकर बोला, "एक बार कह दिया न, फिर मुझसे फालतू में बहस क्यों कर रही हो?"

वह हठात् चुप हो गई। होंठ भिंच गए। उसका चेहरा तमतमा आया था। उसने मुझे क्रोध से देखा और बिना कुछ बोले वापस हो गई।

माँ के जाने के बाद पता चला कि उससे मैंने कड़वी बात कही है। जबकि माँ तुनक-मिजाज है।

मैं माँ के पास आया। वह कुर्सी पर बैठी थी। मैं उससे बोला, "लाओ मैं तुम्हारा सिर दबा दूँ।"

माँ ने मुँह फेरकर कहा, "तुम जाओ, मुझे परेशान मत करो।"

"मैं परेशान नहीं करना चाहता। मैं तुम्हारा सिर दबाना चाहता हूँ।"

"इसकी जरूरत नहीं है। मेरे सिर में दर्द नहीं है।"

मुझे मालूम हो गया, माँ अब माननेवाली नहीं। बाद में अपने आप खुश हो जाएगी। पर अभी, ठान लिया तो ठान लिया।

मैं अवसादमय मन से लौट आया। बिजली गुल की और सोने की कोशिश करने लगा। पर नींद आँखों से नदारद थी। मैंने सोचा कि सोचूँ, माँ-पिताजी इस समय क्या कर रहे होंगे?

माँ–"सो रहे हो क्या?"

पिताजी–"नहीं तो।"

पिताजी–"सो रही हो क्या?"

माँ–"नहीं तो।"

उम्र बढ़ने के साथ-साथ पिताजी-माँ के बीच अपनापा-अनुराग साँद्र होता गया है। वह एक-दूसरे का अधिक खयाल करने लगे थे। अधिक करीब आ गए थे।

मेरे मन में फिर कौंधा, यदि पिताजी मर गए?

मरना तो हम सभी को है एक दिन। लेकिन पिताजी मर गए तो माँ पर क्या बीतेगी? इस बीच वे एक-दूसरे के जीने के सबसे बड़े सहारे हो गए। दूसरा पहले की घड़ी–पहला दूसरे की घड़ी। वे एक-दूसरे के समय हो गए थे। ऐसे में पिताजी मर जाएँ तो भीतर-ही-भीतर माँ भी मामूली-सी ही सही मर जाएगी। किसी की मृत्यु के बाद उसकी स्मृतियाँ कितनी सक्रिय और पारदर्शी हो जाती हैं!

पिताजी को लेकर यादों का कितना बड़ा भंडार माँ के पास होगा। माँ यादों की कोई गठरी खोलेगी। मुस्कराएगी–खुश होगी–फिर रोने

लगेगी। फिर कोई गठरी खोलेगी...।

और यदि माँ मर गई। उसकी लिटाई गई लाश को देखकर वह फूट-फूट कर रोएँगें। लाश जलाकर आएँगे तो फिर रोएँगे। और उसके बाद चुप होंगे तो चुप ही रहने लगेंगे। बहुत कम बोलेंगे—बहुत कम सुनेंगे।

हमेशा गुमसुम-से कहीं खोए रहेंगे।

यह भी तो हो सकता है—एक की मौत के बाद दूसरा धार्मिक हो जाए। दिन-रात फुर्सत के समय में माला जपे। धर्मग्रंथों का पाठ करे।

नहीं, माँ-पिताजी ऐसा नहीं करेंगे। वे तो आपस में बहुत प्यार करते हैं। प्यार का गुलाबी रंग उनमें कत्थई हो गया है। एकदम पक्का।

और यदि मैं मर जाऊँ तो उन पर क्या असर होगा? कैसा हो जाएगा उन लोगों का जीवन?

विचारों की भीड़ में नींद नपे-तुले कदम रखती हुई चुपके-चुपके मेरा पीछा कर रही थी और जब अवसर पाकर अचानक मेरे सामने आ खड़ी हुई तो मैं बेसुध हो गया। मैं गहरी नींद में था।

सुबह पिताजी ने जगाया। मैं तैयार होने को तत्पर हुआ। पिता नहा-धोकर तैयार हो चुके थे। उनका रोज का यह कार्यक्रम था।

मैं नहाकर निकला। कंघी करने, कपड़े पहनने बरामदे में जा रहा था कि स्टोव की सू...सू...सुनी। देखा माँ बैठी थी। पूड़ियाँ छान रही थी।

"पूड़ी-वूड़ी क्यों बनाने लगी? तुम्हारी तबीयत भी ठीक नहीं रहती। इतने तड़के इस पचड़े में पड़ने की क्या जरूरत थी?"

"बक-बक मत कर। जल्दी से आ और दो पूड़ी खा ले।" माँ का रात का गुस्सा ठंडा हो गया था। इस समय वह अन्नपूर्णा थी।

मैंने कमरे में जाकर घड़ी देखी, ट्रेन आने का समय निकट होता जा रहा था। दो पूड़ी खाने और चाय पीने का मतलब था—ट्रेन से हाथ धोता। मगर मैं किसी सूरत में इनकार नहीं कर सकता था, क्योंकि यदि इस बेला भी माँ तुनक जाती तो मन बहुत समय के लिए अशान्त हो जाता।

मैं खाने बैठ गया। पिता पूजा कर रहे थे। माँ ने आलू उबालकर सब्जी बनाई थी। उसमें भूनकर पीसे गए मसाले थे। बड़ी लजीज थी।

झोला उठाया। पिताजी पूजा पर बैठ गए थे। मैंने उनको नमस्ते किया। मेरी नमस्ते सुनते ही उनकी आँखें ईश्वर की तस्वीरों के सम्मुख मुँद गई। होंठ कारुणिक-से होकर अस्फुट स्वर में बुदबुदाने लगे। मेरा इन तस्वीरों से कुछ भी लेना-देना नहीं, लेकिन उनके आगे पिताजी को गिड़गिड़ाते और विह्वल होते देखकर मुझे और अपनापा हो गया। मुझे अपने से भी और अपनापा हो गया।

घर से बाहर निकला। माँ छोड़ने आई। मैंने उससे नमस्ते किया। उसने कहा, ''जल्दी आना।'' इसके बाद उसका चेहरा पथराया फिर बड़े जोर से तड़फड़ाकर नदी के जल की तरह हिलने लगा। यह सब पल-भर में हुआ। उसने साड़ी का कपड़ा मुँह में ठूँस लिया और अन्दर भाग गई। मैं पस्त कदमों से आगे बढ़ने लगा। अभी सुबह कच्ची ही थी। उसके पककर धूप से रसदार बनने में देर थी।

मैं सड़क पर था। जड़ और चेतन सब सोए थे। आदमी के जागरण और गति से ही मकान, सड़कें, वाहन, दुकानें–सभी जड़–जागृत और गतिमान हैं। जीवन के संस्पर्श से ही वे जीवन्त होते हैं।

सब कुछ हल्के धुँधलके में डूबा था। अभी गर्मी भी सोई थी। ठंडी हवा थी और मैं अपने फेफड़ों में बहुत सारी ताजा हवा भर लेना चाहता था। ऐसा किया भी लेकिन थोड़ी ही देर बाद मुझे लगा, यह सब निरर्थक है और अपनी चहारदीवारियों में घिर गया। मैं उदास हो गया और महसूस करने लगा कि मैं निपट अकेला हूँ। कितना कठिन हो गया है जीवन! क्या इसी तरह मेरे दिन हमेशा बीतेंगे? क्या कोई आदमी इसीलिए जन्म लेता है कि ट्यूशन कर-करके उम्र पूरी कर ले?

मैं उदास था और डरा हुआ भी था। हलका-सा उजाला हो गया था जैसे उजाले ने उतरने के लिए पहली सीढ़ी पर पैर रख दिया हो।

मैं थोड़ा आगे बढ़ा और चौंक गया, वैसे ही पोस्टर और नारे। मुझे लगा, राघव इस कस्बे में भी है। रेलवे स्टेशन की दीवारों पर नए पोस्टर और नारे थे। उजाला थोड़ा-सा और खिसक आया।

टिकट की खिड़की पर पहुँचा। लम्बी कतार थी। मैं भी खड़ा था। सामने दीवार पर कई पोस्टर लगे थे। कुछ भ्रष्ट, कुछ अग्निमय।

दो-तीन लोगों ने टिकट लिया होगा कि धड़धड़ाती हुई ट्रेन आ गई। कतार बिखर गई। सभी ट्रेन की तरफ दौड़े। मैं भी दौड़ा। पास पहुँचने पर हिम्मत पस्त हो गई। मैं बेटिकट चलने में डरता हूँ। मैं खड़ा था और हाँफ रहा था। ट्रेन रेंगने लगी। दो डिब्बे मेरे सामने से गुजरे होंगे कि फिर वही, उसी तरह के पोस्टर डिब्बों पर चिपके हुए। कई जगह खड़िया से अग्निधर्मी बातें।

ट्रेन ने स्पीड पकड़ ली। मैं दिवास्वप्न देखने लगा, पूरी ट्रेन पर उसी तरह के पोस्टर ही पोस्टर चिपके हैं। पोस्टरों से आच्छादित है ट्रेन। जैसे करोड़-करोड़ पोस्टर खूब तेज–खूब तेज गति में सरपट भागे जा रहे हैं मंजिल की तरफ। वह ट्रेन नहीं पोस्टरों से बनी कोई लम्बी नाव है, जो समुद्र में भागी जा रही है।

12

बस ने फाफामऊ के पुल को पार कर इलाहाबाद में प्रवेश किया। शहर धुला-पुछा लग रहा था। किसी जगह से, चाहे कुछ ही दिन के लिए चले जाओ और लौटो तो वह नया-नया-सा लगने लगता है।

बस शहर में थी। सवारियाँ थोड़ी-थोड़ी दूर पर उतर रही थीं। बस बार-बार रुकती थी। मैं कुड़मुड़ाकर रह जाता। मैंने तय किया, पब्लिक सर्विस कमीशन के सामने उतर लूँ। मुईद और सक्सेना के फार्म जमा हो जाएँ। बस मेरे मुकाम पर पहुँची। मैं उतरा। सामने पीले रंग की पब्लिक सर्विस कमीशन की बिल्डिंग थी।

यहाँ कई बार आया हूँ। बार-बार आया हूँ। कभी फार्म जमा करने, कभी इम्तिहान देने, कभी रिजल्ट की जानकारी करने, कभी उसे देखने। मैं यहाँ बार-बार आया हूँ। यह जगह मेरी जीवन-रक्षक थी।

एक समय मेरा तनाव मुझे आत्महत्या की तरफ धकेल रहा था। आत्महत्या के विरूद्ध किसी दिन माँ-पिता कवच बनते, किसी दिन मेरी अपनी कविताएँ मुझे बचातीं—मैं सोचता, एक दिन दुख दूर होगा और मैं खूब लिखूँगा-पढ़ूँगा। मैं एक बहुत बड़ा कवि बनूँगा, लेकिन यदि मर जाऊँगा तो सब कुछ बिखर जाएगा। ऐसे ही कुछ बार दूसरे तरीकों से मैं आत्महत्या के विचार से मुक्त होता, लेकिन इस प्रकार के मुक्तिदायी तरीके मेरे पास ज्यादा नहीं थे और मैं खुदकुशी से बाज न आता। ऐसे

में सम्बल बनी थी यह पब्लिक सर्विस कमीशन की चहारदीवारी के भीतर की जगह।

इम्तिहान देने आने पर देखता, हजारों नौजवान आए हैं। सभी के नाक-नक्श पृथक हैं पर आँखों-आँखों की तलहटी में एक जैसा है। जिसकी आँखें देखो–गहरे में वही निराशा, दुख और यातना के फफूँद दिखाई देंगें। सबके पैरों की माप और गति अलग हैं, लेकिन उनकी थकान और हताशा समान है। उनके पैरों में चिकनापन नहीं होता, हाथों के नाखूनों में लालिमा नहीं होती। मत्थे पर चमक नहीं होती।

मुझे इससे बड़ी ताकत मिलती। मैं हजार-हजार ऐसे लोगों को देखता, तो महसूस होता कि मैं हजार हूँ। मेरे पास बहुत सारी बाँहें हैं। मेरे पास बहुत सारे वक्ष हैं। आँखें हैं और हृदय हैं। मुझे लगता, मेरा दुःख मेरा ही दुःख नहीं है, वह सुन्दर दुनिया के विरूद्ध खड़ी सड़ी-गली दुनिया की कोख से जन्मा है और हम तमाम लोगों को ठंडा और भूसा कर रहा है।

यहाँ मैं आता तो हमें एक-दूसरे के सम्मुख नकली नहीं होना पड़ता था। असत्य नहीं बोलना पड़ता था। यहाँ हम जो होते थे हमारी उपस्थिति वैसी होती थी। यहाँ से लौटता था तो आत्महत्या की ढलान नहीं उतर रहा होता था, बल्कि जीवन की चढ़ाई चढ़ रहा होता था।

पर जीवन जैसे सूर्य का गोला था। कितना भी बढ़ो–पाना मुमकिन नहीं–मैं कुछ दिनों बाद फिर थक जाता था और पाता, मेरा तनाव मुझे आत्महत्या की तरफ धकेल रहा है...। रात होती तो पसीना-पसीना हो जाता। चादर से मुँह ढक लेता और डर जाता। दिन होता, ठिठक जाता और जोर-जोर से धड़कते हुए अपने दिल की धड़कन पर हाथ रख देता। मैं देखता, मैं काँप रहा हूँ पर जीवन भी गैरमामूली नहीं था। बुरे दिनों की अपरम्पार भीड़ में भी कहीं किसी कोने में कभी किसी शिशु की तरह हाथ हिलाता दिख जाता। कभी बड़े की तरह पीठ सहलाता हुआ, कभी वृद्ध की तरह आशीर्वाद देता हुआ–सचमुच वह गैरमामूली है। जगहों की भीड़ में ऐसी ही जगह यह थी जो मेरी जीवन-रक्षक थी।

फार्म जमा करने के लिए उचित स्थान पर पहुँचा। वहाँ लाइन थी–लम्बी लाइन। बहुत दिनों से यहाँ लम्बी लाइन लगती होगी। हकीकत यह है कि तकरीबन रोज ही यहाँ लम्बी लाइन लगती है।

वहाँ से हटकर गोपनीय विभाग की दिशा में चला गया, वहाँ मेरा एक परिचित काम करता था। मैंने उससे दोनों फार्म जमा करा देने की प्रार्थना की। उन्होंने मेरी प्रार्थना को स्वीकार किया और पूछा, ''तुम क्यों नहीं फार्म जमाकर रहे हो?''

''मेरी उम्र खत्म हो गई।''

''कुछ चाय-वाय चलेगी?''

''नहीं, शुक्रिया।''

मैं सड़क पर आ गया। आँखों के अतल में बस दो वाक्य नाच रहे थे।

एक–तुम क्यों नहीं फार्म जमाकर रहे हो?

दो–मेरी उम्र खत्म हो गई है।

यहाँ से मेरा कमरा खास करीब नहीं था फिर भी रिक्शा कर सकने की माली हालत नहीं थी मेरी। मैंने निश्चय किया कि युनिवर्सिटी के पीछे वाले गेट से चलकर युनिवर्सिटी के भीतर होते हुए प्रयोग चुंगी तक पहुँच जाऊँगा। वहाँ लल्ला की दुकान पर हाथ-मुँह धोकर एक कप चाय पियूँगा फिर सिगरेट का कश लेते हुए कमरे पर पहुँच जाऊँगा। मकान-मालिक की पत्नी कैसी होगी? लौटने पर मकान-मालिक ने उसके साथ कैसा सुलूक किया होगा?

मैं युनिवर्सिटी के भीतर आ गया। बहुत अपना-सा लगा विश्व-विद्यालय। बहुत पराया-सा लगा। सबसे पहले यूनियन हाल पड़ता था। राघव का ज्यादा समय यहीं खर्च होता था। कोई काम होता तो वह थोड़ी देर के लिए जाता और घूम-फिरकर फिर यहीं आ जाता। पर आखिरी दिनों में वह लुप्त रहने लगा था। कहाँ रहता था, क्या काम करता था हमें मालूम नहीं था और न हमने मालूम करने की कोशिश की थी। हमने केवल इतना देखा और अनुभव किया था कि वह परिवर्तित हो रहा था। क्षण-प्रतिक्षण। उसके रंग-ढंग बदल रहे थे। ऐसा

लगता वह कोई क्यारी हो गया था जिसमें अनजाने ही कुछ बीज छिटककर आ गिरे थे। अगले दिन हरे-हरे छोटे-छोटे से शिशु पौधे जन्मे, जिनकी आँखें अभी खुली नहीं थीं, पर अगले ही दिन लोगों ने देखा वे आसमान को देख रहे थे और खिलखिला रहे थे। उसके अगले दिन देखा...अगले दिन देखा...। राघव की जड़ें फैल रही थीं। वह चुप्पा होता जा रहा था लेकिन अधिक व्यक्त और अर्थवान हो रहा था।

कितने सारे दोस्त थे। वे कितने हँसमुख, जिन्दादिल और प्रतिभाशाली। राघव को छोड़कर सभी खुद को दुनिया का विशिष्ट व्यक्ति मानने के अभिमान से अकड़े हुए–और सभी न मालूम कहाँ गुम हो गए? हम दुनिया की जमीन पर लम्बी अमिट लकीरें खींचना चाहते थे, लेकिन दुनिया ने हमारे चेहरों पर इतनी खरोंचे मारीं कि हमारा अपना चेहरा ही नष्ट हो गया। विश्वविद्यालय के अन्तिम वर्षों में हमारी मेधा, हमारी ऊर्जा असमय काल-कवलित होने लगी थी।

मेरे सामने से लोग पीछे जा रहे थे। पीछे से लोग सामने आ रहे थे। दाएँ-बाएँ–पैदल, साइकिल, जिधर देखो लड़के-लड़कियाँ आ रहे थे–जा रहे थे। इनमें कोई मेरा परिचित नहीं था। युवकों से मैं कट गया था शेष ने मुझे काट दिया था।

मेरा विभाग आ गया। एम.ए. के साल मैंने यहीं काटे थे। नौकरी नहीं मिली तो मैं रिसर्च करता रहा। उसके दौरान भी कभी-कभी यहाँ आता। बाद में यह सिलसिला भी बन्द हो गया।

ये इतने सारे लड़के-लड़कियाँ पढ़ रहे हैं। कितना दिलचस्प और भयावह है इनके भविष्य के बारे में सोचना! पढ़ाई के बाद लड़कों का क्या होता है? पढ़ाई के बाद लड़कियों का क्या होता है?

मेरे सामने कुछ लड़कियाँ हँसती हुई आती दिखीं। उनमें तीन सुन्दर थीं। एक तो बला की सुन्दर थी। इधर कुछ वर्षो में स्त्रियाँ एकाएक अद्भुत रूप से सुन्दर होती जा रही हैं। पहले हजारों में दो-चार आकर्षक होतीं। आज जिस लड़की को देखो उसी में कशिश। ढीले-ढाले ऐसे छैल-छबीले कपड़े–ऐसे गुत्थमगुत्था बाल कि बस कहर बरपा हो जाए।

मैं उन लड़कियों को देखने लगा। मैं देख रहा था कि आहिस्ता-आहिस्ता मेरी गर्दन में चुनचुनाहट-सी हुई। पहले कम फिर तेज। चुनचुनाहट बढ़ती ही गई। मैंने पाया कि उन लड़कियों ने यह देखा कि मैं उन्हें घूर रहा हूँ, लेकिन उन पर कोई प्रतिक्रिया नहीं हुई। वे मेरे पास से निर्विकार निकल गई। जवान लड़की जान ले कि एक जवान लड़का उसे देख रहा है और उन पर उत्सुकता, घृणा या अपनापा की कोई प्रतिक्रिया न हो–यह कितना स्तब्धकारी है? कितना असत्य लगता है यह?

क्या मैं इतना कुरूप और मामूली हो गया हूँ? मैं घबरा गया। आशंकाओं के घेरे में घिरने लगा। मुझे दहशत हुई कि मुझमें भाँति-भाँति के रोग हो गए हैं। खयाल आया मेरे कानों में कभी-कभी सीटी-सी बजती है, दाँतों में दर्द होता है। सामने के दोनों दाँतों के बीच आधे दाँत भर की जगह खाली हो गई है। कभी कुछ पढ़ता हूँ तो आँखों से पानी गिरने लगता है। सुबह सोकर उठने के बाद कमर में बेतहाशा दर्द। रक्त का जमना। सुस्ती और थकान। पाया कि मैं चुक गया हूँ। कुछ दिनों बाद मैं खंखाड़ हो जाऊँगा। पहले मैं कितना आकर्षक था!

लड़कियाँ चली गईं। भय के दूसरे पत्थर से मेरा मस्तक टकराया। तड़-तड़ की आवाज हुई और आतंक का लावा उबलने लगा। अब लड़कियों को देखकर मुझमें पहले-सी उत्तेजना और सनसनी क्यों नहीं होती? जब पहली बार मैंने विनीता की नंगी बाँहों को छुवा था तो कई दिनों तक उस स्पर्श को भूला नहीं। मैं अखबार छूता, कपड़े छूता, दीवार छूता–लगता, विनीता की बाँह है। मैं लोहा छूता, लगता विनीता की ठंडी बाँह है। सुन्दर लड़कियों की शोखी–उनका चुलबुलापन मुझमें खलबली पैदा करते। मन होता था, इनसे खूब बातें करूँ। खूब बातें करूँ। बेमतलब की बातें। मसलन, तुम्हारी हेयर स्टाइल का नाम क्या है? सबसे अच्छा शहर कौन सा है? हरी चूड़ी क्यों नहीं पहनती? लड़कियों पर ढीले कपड़े इतने अच्छे क्यों लगते हैं? तुम सुबह उठकर सबसे पहले क्या करती हो? पर अब मैं उद्वेलित नहीं होता। अब मैं देखता हूँ तो कभी-कभी रक्त में तप्त उबाल भर आ जाता है–बस।

मुझे क्या होता जा रहा है? मुझे क्या होता जा रहा है? मेरा इंद्रिय-बोध जर्जर क्यों होता जा रहा है? विनीता से ताजा मुलाकात से मुझमें चीजें कुछ-कुछ दुरुस्त होने लगी थीं। होती जा रही थीं। पर अब फिर गड़बड़ी शुरू हो गई। विनीता से मिलने के पहले और बाद में अपने को दिलकश पाने लगा था पर आज फिर लगा, बड़ी शिद्दत से लगा कि कुरूप हो गया हूँ। यहाँ युनिवर्सिटी में ही नहीं, कहीं भी सड़क, गलियों, छोटी, बड़ी किसी भी जगह से गुजरता हूँ, कहीं कोई पहिचान नहीं। एक काले शीशे वाली लम्बी-सी गाड़ी उग्र गति में भाग जाती है तो लोगों की वह परिचित बन जाती है, पर एक परेशान आदमी सामने से निकलता है तो कुछ लगता ही नहीं।

लोगों के घरों में या शादी-विवाह जैसे अवसरों पर जब कभी लोगों के बीच होता हूँ तो वहाँ भी उनकी आँखों की फर्श पर मेरा होना कोई चमक नहीं पैदा करता। यहाँ जूठे बर्तनों की तरह मैं उपेक्षित-तिरोहित रहता हूँ।

केवल राघव है जो चलता है तो विरूद्ध हवाएँ टकराकर आवाज करती हैं। उसी ने समय के वक्ष पर अपना नाम घोषित किया है। सच है, समय का सारथी वह होता है जो अपने परिवेश में युद्ध की घोषणा करता है–राघव ने युद्ध की घोषणा की–राघव जितना भी सही–खनकदार है। राघव लगातार लोगों के दिल-दिमाग पर अपने दस्तखत कर रहा है। कितने सारे राघव लिखे गए होंगे उसके इलाके की जनता के कागज पर।

मुझे राघव से मिलना चाहिए। राघव से मैं जरूर मिलूँगा। जरूर मिलूँगा। जितनी जल्दी हुआ, राघव से मिल लूँगा।

एम.ए. में मुझे पढ़ाने वाले एक अध्यापक आते दिखाई पड़े। मैं दूसरी तरफ मुड़ गया। नामालूम क्यों मुझे घबराहट-सी हो रही थी। दिल बैठा जा रहा था। मैं तेज-तेज चलने लगा। तेज। बहुत तेज। गेट के बाहर सड़क पर आया तो पाया, मैं काँप रहा हूँ। मैंने सड़क से युनिवर्सिटी पर निगाह डाली, वह हत्यागृह लगी।

मै। जल्दी-जल्दी चाय पी रहा था। गोया बहुत व्यस्त हूँ, जबकि

सच्चाई यह थी कि मेरे पास समय ही समय था। समय का विशाल बंजर रेगिस्तान था मेरे पास। मेरा समय ऐसा खेत था जिसमें कोई फसल नहीं होती थी। घास-फूस, खर-पतवार भी नहीं उगते थे।

आज चिपचिपी गर्मी थी। लू नहीं चल रही थी। मौसम की दीवारों पर उमस की सीलन थी। हर चीज चिपचिपी थी। अपना ही पसीना बदबू करता था। सभी पर किरमिची रंग की हल्की-सी पालिश चढ़ गई थी।

चाय के पैसे चुकाने के बाद मैंने तय किया, कमरे की तरफ चला जाए। मैंने अपने झोले पर आँखें डालीं। सबसे ऊपर अखबार में लिपटी पूड़ियाँ और सब्जी थी। कमरे पर पहुँचकर नहाने के बाद आराम से इन्हें खाऊँगा। सब्जी तो खराब हो जाएगी लेकिन पूड़ियाँ कुछ रख लूँगा। शाम को चाय के साथ उनका भोजन हो जाएगा। माँ हमेशा पूड़ियाँ ज्यादा बाँध देती हैं।

मैं गली में घुसा। गली में किसी घटना की गंध उड़ रही थी। किसी घटना का रंग पुता हुआ था। हर जगह एक विकराल पंजे का स्पर्श था। सर्वव्यापी फुसफुसाहट की गूँज और अनुगूँज थी। ये सब नहीं थे पर ये सब थे। मैं काँप गया। क्योंकि मेरा पक्का यकीन था, कोई घटना घटित होने के पहले और बाद में आस-पास के परिवेश को अपने गंध, रंग, स्पर्श आदि से भर देती है। स्थल के सुराखों में ये भर जाते हैं और स्थल के सुराखों से ये झाँकते रहते हैं या रिसते हैं।

मैं अपने कमरे के सामने आ गया। बाईं तरफ मकान-मालिक के कमरे का दरवाजा था उसमें ताला लगा था। पुर्जा नहीं था। मैंने सोचा आज फिर पत्नी को बन्द करके गया है। उस पर और उसकी पत्नी दोनों पर मुझे गुस्सा आया, मैंने अपना ताला खींच दिया।

कमरा धूल से पटा था। किसी दिन आँधी आई थी शायद। गनीमत है, बिस्तर मोड़कर गया था।

मैंने खिड़की खोल दी। भीतर का दरवाजा खोलकर बाथरूम जाने के लिए मुड़ा। भीतर भी कमरा बन्द था। मैं ऐसे चलने लगा जिससे चप्पल तेज आवाज करे। मैंने खाँसा। मैंने नल की टोटी घुमाकर जोर से

कहा, "पानी ही नहीं आ रहा है।" जबकि पानी आ रहा था।

पर भीतर से दरवाजा नहीं भड़भड़ाया गया। थपकी तक न हुई। मन परेशान होने लगा। इर्द-गिर्द नजरें दौड़ाईं। इंद्रियाँ अधिक सक्रिय होने लगीं।

गाँव में गर्मी के दिनों में मिट्टी के घर दोपहर में जैसे होते हैं—सब लोग सो रहे हैं। जूठे बर्तन बिखरे हैं। मक्खियाँ भिनभिना रही हैं। बहुत सुनसान लगता है माहौल—वैसे ही इस समय यह मकान लग रहा था। सब कुछ जड़—स्तब्ध—बस एक मंथर सुगबुगाहट। ऐसे, जैसे सफेद भात पक रहा हो।

मेरी आँखों में हवा-सी घुस गई। पलकें जल्दी-जल्दी उठने लगीं। मैं अपने कमरे में आ गया। चारपाई पर गिर गया। मुड़ा हुआ बिस्तर टेक बन गया। सामने दीमकों की लम्बी बाँबी दिखी। मेरा मन गिनगिनाहट से भर उठा। मैं खुश हो गया। बहुत दिनों बाद इस बाँबी को देखकर मुझमें जुगुप्सा उत्पन्न हुई थी। लेकिन तुरन्त दिमाग फिर मकान-मालिक के हिस्से में चला गया। मैंने पाया, भूख लगी है लेकिन मैं परेशान भी हूँ। नहाना भी है। फैसला हुआ कि सबसे पहले नहाया जाए। थोड़ी देर आँखें मूँदकर आराम कर लूँ, तब नहाऊँ। माँ कहती है, धूप से तुरन्त-तुरन्त लौटो तो नहाओ मत। मैंने आँखें मूँद लीं।

मूँदी हुई आँखें देखने लगी...। पहले सर्वत्र जितना बड़ा मत्था होता है, उतना कालर काला हो गया। गहरा काला अँधेरा। फिर कालापन धीरे-धीरे ललछौंह में तब्दील होने लगा। मत्थे पर घना ललछौंह बादलों की तरह मद्धिम गति से चलने लगा। वह चल रहा था कि उसी के बीच में एक छोटा-सा बिन्दु उतर आया। बादल स्थिर हो गए और वह बिन्दु चलने लगा—मद्धिम गति से। मुँदी हुई आँखें उस बिन्दु पर टिक गईं। बचपन में मेरा विश्वास था कि वह आत्मा है। उस पर ध्यान दो तो बाकी सब भूल जाओ। इस समय भी मैं सब भूल गया। केवल वह था और मेरी आँखें थीं। वह जिधर जाता, मेरी आँखों की पुतलियाँ उधर घूम जातीं। या मेरी आँखों की पुतलियाँ जिधर घूमतीं, वह बिन्दु उधर मुड़ जाता।

"अंकल जी, आपको पापा ने बुलाया है।"

सामने वाले मकान की एक छोटी बच्ची थी। मेरा इस घर से कोई आना-जाना नहीं था। ताज्जुब हुआ, क्यों बुलाया है?

वहाँ बतलाया गया—मकान-मालिक की बीवी मर गई।

जिस दिन मैं घर गया था, उस रात बड़ा कुहराम मचा। बीच-बीच में वह औरत चीख-चीखकर रात के सन्नाटे का बेध करती। आदमी धम-धम पीटता। औरत चीखती, औरत चिल्लाती, बचाओ...बचाओ...। आदमी गालियाँ बकने लगता। वह चुनौती देता, "देखता हूँ तुझे कौन बचाता है?" उसकी बात सच थी। किसी ने नहीं बचाया। वह पिटती रही।

सुबह। अलस्सुबह उसकी अर्थी तैयार थी। सूर्य ने उसकी राख देखी। मुँह अँधेरे ही उसका शव जलने लगा था। उसके जलते हुए शव की रोशनी ने श्मशान में रोशनी की होगी। श्मशान भासमान हो उठा होगा।

13

मैं फिर से पैदा हो रहा था। मैं पतझड़ के बाद वसन्त ऋतु में रचे जा रहे होने की रासायनिक क्रिया में सुख की यातना सहता पेड़ हो रहा था। मुझमें कोपलें फूट रही थीं।

माँ, पिता, दोस्त, विनीता के दुख ने मेरे दुख को आँच दे दी थी। मकान-मालिक की पत्नी की मृत्यु अग्नि में आहुति बनी।

फिर सबसे बड़ी बात, मुझे बोध हो गया था। पता चल गया था, नौकरी के रास्ते रूँध दिए गए हैं। अब कोई उम्मीद नहीं। मैंने सोचा कि जब जिन्दगी ऐसे ही बितानी है तो क्यों न दो-चार हाथ करके बिताई जाए।

मैं अब भिड़ना चाहता था। चाहता था कि कोई एक जत्था मिले जो योद्धाओं का हो। उसमें शामिल होकर मैं भी योद्धा हो जाऊँ।

यहाँ जब मकान-मालिक की पत्नी की मृत्यु की खबर सुनी तो मुझमें गुस्सा, प्यार और रुलाई एक साथ उठे। इस बात की उत्कट इच्छा हुई कि ढेर सारी महिलाओं का समूह आए और मकान-मालिक को घेरे, पीटे और सजा दिलाए।

लेकिन ऐसा हुआ नहीं। मैंने महिलाओं के समूह के बारे में पढ़ा था, सुना था पर देखा नहीं था। मैं देखना चाहता था। इसके लिए कोशिश भी की लेकिन वैसी औरतें अदृश्य रहीं।

मैं जत्थे की तलाश में था लेकिन वह मिल नहीं रहा था।

फिर भी, मैं फिर से पैदा हो रहा था। मुझमें कोपलें फूट रही थीं। मैं पतझड़ के बाद हरा हो रहा था। पहले मेरे दूध के दाँत गिर गए। मैं घबराया। अब मेरे पत्थर के दाँत उग आए थे। जो तीखे, मजबूत और टिकाऊ थे।

लेकिन मैं जत्थे की तलाश में था और वह मिल नहीं रहा था। एक मौत ने जीवन को जीवन का मतलब बतलाया। जीवन में जीवन की अलख जगा दी।

मैं मकान-मालिक की बीवी के बारे में सोच रहा था। मौत के पहले कैसे वह अकड़ी होगी, छटपटाई होगी, ढीली होने के बाद किस तरह अकड़ गई होगी? मौत के पहले उसमें आखिरी विचार क्या उभरा होगा? उसकी अन्तिम इच्छा क्या रही होगी? मैं यह सब सोच ही रहा था कि विनीता कौंध गई। जैसे अन्धे अँधेरे में अचानक कोई बल्ब जल जाए।

मैं थर्रा गया, पता नहीं उसके पति ने उसकी क्या दशा की है? पता नहीं उसकी जिन्दगी की घड़ियाँ कैसी बीत रही होंगी?

मैंने तय किया, जितनी जल्दी मुमकिन हो, विनीता से मिल लिया जाए। किसी अज्ञात आशंका से मेरे हृदय की धड़कनें तेज हो गई थीं।

मैं विनीता के घर इसलिए भी जाना चाहता था कि मैं हर हालत में राघव के ठिकाने का सुराग पता करना चाहता था।

मैं शर्मिंदा था कि मुझे एक दोस्त का पता दुश्मन से पूछना पड़ेगा, लेकिन मैं राघव से मिलने के लिए यह करने को भी तैयार था। कहीं यह खुशी भी थी कि विनीता को फिर से देखूँगा।

विनीता का खयाल आया कि लगा, मैं फिर से प्रेमी हो गया हूँ। इस वक्त मेरी मूल वृत्ति प्रेम थी। दुनिया के सभी लोगों की मूल वृत्ति प्रेम होती होगी। मैं विनीता में डूब गया।

मैंने अपनी उँगलियाँ देखीं, वे कलात्मक लगीं। मैंने अपने जंघे देखे, वे बीन के फूले हुए हिस्से जैसे लगे। जहाँ बीन का संगीत रहता है। मुझे अपने बाजू लोहे के पाइप से महसूस हुए। मुझे यकीन हुआ,

अगर मैं आइने में देखूँ तो कुरूप नहीं दिखूँगा। मैं दिलकश और दिलदार लगूँगा।

मैंने अपने से भी चुराकर तय किया, विनीता के घर पर एकान्त पाकर विनीता को चूम लूँगा।

लाख चुराकर तय करने के बाद भी बात छुपी नहीं। मैं ग्लानि से गड़ गया। एक तरफ एक औरत मरी–मारी गई और मैं हूँ कि दूसरी दुखी औरत को लेकर ऐसे सपने बुन रहा हूँ! लेकिन मैं विवश था, जितना ही मैं इस खयाल को ढकेलता, वह अधिक ताकत से भारी हो जाता।

हारकर मैंने निर्णय किया, मृत्यु और चुम्बन में कोई गहरा सम्बन्ध है अदृश्य और अनबूझ–लेकिन मृत्यु और चुम्बन में कोई गहरा सम्बन्ध है जरूर। मृत्यु और चुम्बन के बीच राघव युद्ध की घोषणा करता हुआ योद्धा था।

मैं एक मृत्यु की दहशत और उत्तेजना से जकड़ा हुआ था। मैं एक चुम्बन प्राप्त करना चाहता था। मैं राघव के जत्थे में योद्धा की हैसियत से शरीक होना चाहता था।

मैं चाहता था, राघव मुझमें अवतरित हो, मैं राघव में अवतरित हो जाऊँ। बस अफसोस इतना था कि राघव के बारे में जानकारी दुश्मन से मिली थी, मिलनी थी। मैं दोस्त के घर का रास्ता पूछने दुश्मन के पास जा रहा था।

थर्टी फोर, चैथम लाइंस।

मैं विनीता के बंगले के सम्मुख था। मैं ठिठक गया। वह मकान किसी तिलिस्म की तरह लग रहा था। मैं उस स्थल पर ठिठका था जहाँ से पिछली बार मुड़कर विनीता को देखा था। वह खिड़की पर दिखी थी। दरवाजे पर दिखी थी। दरवाजा बन्द हो गया था।

मन में प्रश्न हुआ, मैं यहाँ से क्यों राघव का पता करूँ? यदि राघव का पता करना है तो राघव के अपनों से करूँ। मुझे यहाँ विनीता का एक तप्त और अव्यवस्थित चुम्बन चाहिए।

लेकिन बाहर राघव की तलाश करना दुष्कर और लम्बा लगा। मेरे

कदम आगे बढ़े। फिर भी एक मुश्किल थी। उस दिन के अपमान के बावजूद मैं यहाँ क्यों आया हूँ? मैं क्या जवाब दूँगा कि मैं क्यों आया हूँ?

मैंने अपने से कहा, 'मैं राघव की बाबत जानकारी के लिए आया हूँ। मैं विनीता के चुम्बन के लिए आया हूँ। मैं विनीता की हालत जानने आया हूँ।'

मैंने सुना और मैंने बताया, 'ये सब झूठ है।'

मैं झूठ को पहचानता था लेकिन सच को जानता नहीं था।

मेरी उँगली कालबेल पर थी।

आज दरवाजा विनीता ने खोला। मुझे देखकर उसका चेहरा थोड़ा-सा अपने में ही धँस गया। वह बदहवास सी बोली, "तुम जल्दी से चले जाओ। तुरन्त चले जाओ यहाँ से।"

'क्यों?"

"बस, मैं कह रही हूँ। प्लीज, मेरा कहना मान लो और चले जाओ।"

"तुम जो सब कह रही हो, मेरी भलाई के लिए है या यह मेरा अपमान करने के लिए है?"

"मेरे चेहरे की रेखाओं को पढ़ो। तुम कवि हो, मालूम हो जाएगा कि यहाँ घृणा है या दूसरा कुछ? बस अब तो चले जाओ न!"

"मैं एक गिलास पानी पिऊँगा फिर चला जाऊँगा।"

हम भीतर आ गए। वह पानी लेकर आई।

"नौकर नहीं है क्या? तुम्हें पानी लाना पड़ा।"

वह चुप रही।

मैंने पानी पी लिया। फिर पूछा, "एस.डी.एम. साहब कहाँ हैं?"

वह चुप रही। वह बातचीत के जाल में फँसना नहीं चाहती थी।

"अच्छा, तुम मुझे यहाँ क्यों नहीं रहने देना चाहती हो? मेरा क्या नुकसान हो जाएगा?"

"वो तुमसे खुश नहीं हैं। वो यहाँ आने पर तुम्हें देखेंगे, तो तुम्हारा अपमान कर सकते हैं। जो न तुम्हें अच्छा लगेगा न मुझे।"

"मुझे अपने अपमान की चिन्ता नहीं है। पिछले कई वर्षों से मैं अपमान ही झेल रहा हूँ।"

"मैं कहती हूँ, तुम चले जाओ।"

"मुझे यहाँ देखकर तुम्हारे 'वो' तुम्हारे साथ तो बुरा सुलूक नहीं करेंगे?"

वह कुछ बोली नहीं।

"क्या तुम बताओगी, उस दिन मेरी उपस्थिति में उस कमरे में तुम दोनों के बीच क्या हुआ और मेरे जाने के बाद क्या हुआ?"

"इससे तुम्हें क्या मतलब? बहुत वक्त हो गया। अब तुम चले जाओ।"

"मैं बस दो काम से तुम्हारे यहाँ आया हूँ।"

"क्या है बोलो।"

"एक, मैं बाद में बताऊँगा। हो सकता है, थोड़ी देर में कहूँ। हो सकता है, कभी न कह सकूँ। दूसरा काम है, मैं राघव से मिलना चाहता हूँ। तुम्हारे हसबैंड से उसका पता करना है।"

"राघव का नाम मत लो। मुझे उसके नाम से नफरत है।" उसके नथुने फड़कने लगे, "मेरा वश चले तो उसे गोली मार दूँ!"

"क्यों, पर आखिर क्यों?"

"उसने उनकी जान लेनी चाही। हमला करवा दिया।"

"पूरी बात तो बताओ। प्लीज, पूरी बात बताओ।"

"ठीक है, पर सुनने के बाद तुम चले जाना।"

"अच्छी बात है।"

"तो लो सुनो...। राघव ने आन्दोलन कराया। राघव ने जुलूस निकलवाए। राघव ने किसानों की हड़तालें कराईं। मजदूरी बढ़ाने के लिए आन्दोलन कराया। मारपीट किया। और एक दिन थाना का घिराव करवाया और थाना फूँक दिया। एक तरफ पुलिस थी, दूसरी तरफ सोसायटी के बड़े लोग बंदूकें लिये हुए। सब राघव को–उसके साथ आए लोगों को तबाह कर देने पर आमादा थे। खून पीने को उतारू थे। अब ऐसे में ये गोली चलाने का आर्डर न करते तो क्या करते?"

"तो क्या गोलियाँ चलीं?"

"क्यों न चलें। राघव डेमोक्रेसी के कायदे-कानून तोड़ रहा था। तोड़ने के लिए लोगों को उकसा रहा था।"

"डेमोक्रेसी का पाठ न पढ़ाओ। बताओ राघव का क्या हुआ?"

"भीड़ तितर-बितर हो गई। वह बच गया।"

"उसके बाद क्या हुआ?"

वह रुआँसी हो गई फिर गुस्सैल, "एक दिन इनकी जीप रोककर इन पर कुछ लोगों ने हमला किया। मारा-पीटा।" वह थर-थर काँप रही थी। क्रोध और बेइज्जती से, "खैर अब पता चलेगा। एक तरफ उस एरिया के ताकतवर लोग उसकी जान के प्यासे हैं, दूसरी तरफ पुलिस उसका एनकाउंटर करने के लिए आमादा। ये भी अपने दुश्मन को छोड़ते नहीं हैं कभी।" वह मुस्कराई।

मैं पागल हो गया, "तुम्हारा 'ये' 'वो' कुत्ता है। नीच है साला। वह तुम पर भी जुल्म करता है और दूसरों पर भी...।"

"इसलिए वो तुम्हें पसन्द नहीं करते कि तुम राघव के दोस्त हो।"

"उनकी पसन्दगी कोई चीनी नहीं है जिसे मैं चाटता चाहता हूँ।"

"तुम्हें कोई हक नहीं है इस तरह बोलने का। तुम इस तरह मत बोलो, नहीं तो मैं नाराज हो जाऊँगी।"

"तुम और वह साला कुत्ता—दोनों चूल्हे-भाड़ में जाओ।"

"राघव ने भी तो डेमोक्रेसी..."

"तुम्हें और उस हरामजादे को पता भी है डेमोक्रेसी का मतलब?"

"तुम ताव क्यों खा रहे हो?"

"तुम राघव के खिलाफ और उसके पक्ष में क्यों हो इतनी?"

"वे मेरे हसबैंड हैं।"

"तुम नरक में जाओ..."

तभी भिड़ा हुआ दरवाजा चरमराया और उसके पति ने प्रवेश किया। उसके साथ नौकर था और एक सिपाही। सिपाही गोलीकांड के बाद मिला होगा। अंगरक्षक।

उसके पति और पुलिस को देखते ही मुझ में कुछ उमड़ने-घुमड़ने लगा। पलक झपकते ही दिव्य ज्ञान हुआ, जत्थे का योद्धा बनने का यही मौका है। यही मौका है...यही मौका है...मैंने बुदबुदाया और युद्ध की घोषणा कर दी। जिन्दगी में पहली बार मैंने युद्ध की घोषणा की थी।

वह भी मुझे देखकर खौल रहा था। अपनी-अपनी जगह पर हम पैंतरे बदल रहे थे।

मैंने शस्त्र छोड़ा, ''मैंने आपको सभ्य और नेक इनसान समझा था लेकिन गोलीबारी के कांड से आपने अपनी असलियत जाहिर कर दी।''

उसने जलती हुई वितृष्णा से विनीता को देखा फिर आगे बढ़कर मेरा कालर पकड़ लिया, ''मादर...तुमने यहाँ आने की हिम्मत कैसे की?''

झटका देकर अपने को छुड़ाता कि सिपाही आ गया। वह तगड़ा था। उसने मुझे उठाया और उसी तरह बाहर गेट तक आया।

मैं बाहर फेंक दिया गया था।

सड़क के बगल में तनाव से खिंचा हुआ पड़ा था। कुछ समझ में नहीं आ रहा था कि क्या करूँ। दुख और क्रोध से मैं पिघल रहा था। जैसे बर्फ पिघलती है वैसे नहीं। जैसे लोहा गलता है वैसे मैं पिघल रहा था।

मैं किसी वृद्ध की तरह उठा। जैसे रोगी वृद्ध उठते हैं वैसे नहीं। जैसे अनुभवी वृद्ध उठते हैं—अनुभव के फलों से लदे हुए—वैसे मैं उठा और एक गर्भवती स्त्री की तरह चलने लगा।

मैंने अपने चेहरे और कपड़ों पर लगी धूल को झाड़ा। इस क्रिया में जाने ऐसी क्या बात थी कि मुझे माँ और पिताजी याद आ गए। बड़े वेग से उनका मोह घेरने लगा। बलवती इच्छा हुई, मैं शिशु हो जाऊँ और उनका दुलार पाऊँ। कुछ दिनों बाद बिछुड़ जानेवाला अपना घर याद आया। उसके प्रति तीव्र आकर्षण जाग गया। उतनी ही तीव्रता से समूचे थर्टी फोर चैथम लाइंस से अपकर्षण हो रहा था।

मैं घृणा से भरपूर होकर पीछे मुड़ा। उस मकान को देखा। मेरा कण-कण घृणामय था। मैं इस वक्त घृणा का एक गाँव था। मैं अपने

को बहुत सुन्दर पा रहा था।

मैं मुस्कराया, हर हालत में राघव से मिलना है। किसी भी सूरत में। जल्द-से-जल्दी मुझमें आवेश की हवा समा उठी। आवेश के वायुदाब से नथुने फूलने लगे। गले, मत्थे और कलाइयों की नसें फूलने लगीं...।

...राघव के पीछे गाँवों के जमींदार लामबन्द हैं। पुलिस एनकाउंटर करने को आमादा है...।

...राघव को कोई मार नहीं सकता...राघव को कोई मार नहीं सकता...। मैं बुदबुदाया। जैसे यह कोई मंत्र था, मैं शक्तिमान हो गया।

मैं युद्ध की घोषणा कर चुका था। अब मुझे योद्धाओं के जत्थे में शरीक होना था—एक योद्धा की तरह। जरूरी था कि राघव से मिलूँ।

मैं कहीं खो गया...। राघव मेरे सामने फैलने लगा। फैलता गया... फैलता गया...। इतना कि वह दूर परचम लहराती निर्भय चली आ रही सेना का संगीत हो गया। वह पैरों की टापें था और हथियारों की खनक।

14

बहुत दिन बीत गए हैं। कई साल बीत गए हैं। राघव को मैं लगातार खोजता रहा। अथक और अहर्निश खोज रहा हूँ। पर वह नहीं मिला।

समय गुजर रहा है। राघव दिख नहीं रहा है।

राघव को मैं तलाश रहा हूँ।

वह एक चेहरा नहीं, असंख्य चेहरों का एक जुलूस है—गुस्सा, ज्ञान और निर्णय से लैस। वह रणभूमि है। रणभूमि नहीं दिखती। असंख्य चेहरों का जुलूस नहीं दिखता। मैं पूरब में गया, पश्चिम में गया, मैं उत्तर में गया, दक्षिण में गया। गली-गली दिशा-दिशा गया, वह नहीं मिला।

वह हर जगह है। जर्रे-जर्रे में मुहब्बत है। नफरत है। जर्रे-जर्रे में वह है।

वह है मगर दिखता नहीं है। हर जगह होता है पर नहीं होता है। उसकी गंध है, उसके रंग हैं—पर वह हाजिर नहीं है। मैं ही नहीं, बहुत सारे लोग उसे ढूँढ़ रहे हैं। कुछ को छोड़ शेष दुनिया को उसकी चाहत है।

दुनिया प्यासी है। वह जलाशय है। जलाशय पाताल में है। पाताल अदृश्य है।

दुनिया भूखी है, नंगी है, प्यासी है, दुखी है। वह अन्न है, वस्त्र है,

जल है, वह सुख है। अन्न, वस्त्र, जल और सुख कहीं नहीं मिलते।

एक जत्था है। सब योद्धा हैं। युद्धस्थल नहीं है। सेनापति नहीं है।

वह आकाश से पाताल तक है। वह हर आत्मा में है। आत्माएँ उसमें हैं।

सब उसे खोज रहे हैं। मैं उसे खोज रहा हूँ।

मैं गाँव गया। कस्बा गया। शहर गया। महानगर गया। सब जगह वह था। मगर कहीं नहीं मिला।

मैंने चाहा। मेरी हथेलियों में उसकी हथेलियाँ हों। उसकी आँखों में मैं रहूँ। मेरी आँखों में वह रहे।

मेरे पास अनाज है पर अग्नि नहीं। मेरे पास अग्नि है पर अनाज नहीं।

उसके एक तरफ दुश्मन का घेरा। उसके दूसरी तरफ दुश्मन का घेरा। मैं भी कमजोरी, खतरों और मुसीबतों की गिरफ्त में हूँ।

हमें मिलना चाहिए, हमें जुड़ना चाहिए।

पर वह दिखता ही नहीं।

अब भी मैं उसे खोज रहा हूँ।

दिशाएँ कहती हैं, "वह मिलेगा जरूर।"

मैं उसे खोज रहा हूँ।

●●●